言葉である。
人間である。

読書術極意

fujisawa shu

藤沢周

言視舎

まえがき

千変万化。百花繚乱。千紫万紅。百家争鳴。さらには、魑魅魍魎。世に出るバラエティに富んだ本の、なんと多きことよ。「高度情報化社会」などと言っていた時代は昔日、ネット社会が当たり前になって、様々な情報が氾濫を起こしているにもかかわらず、さらに負けじと書物も出る。だが、これには理由がある。もちろん、活字離れの昨今、出版社の危機感からというのもおおいにあるが、その活字離れの行方の恐ろしさにこそ、書き手たち、いや、読者の方々が気づいているからなのだ。

この十数年の政治言語の貧しさやSNSの広がり、実学重視・成果主義に翻弄される教育など、流布する言葉の数々を見ていて気づくのは、あまりにショート・メッセージが多いということ。つまりは、思考のスパンが短いということである。それが当然であり、またそうでなければ伝わらないように、我々の脳が操作されているのではないか、ということだ。新自由主義という、はしたなき競争と経済効率優先の思考にとっては、人間本来が持っている、言葉によって思考し、想像し、共生し、創り上げていくという知性が、邪魔以外の何ものでもない。それよりも、インパクトのある短いメッセージで、人々を誘導する方がどれほど楽か。また、享受する側も、あれこれ考えるよりも、パシッと一行で決めてくれたら、「なるほど！」と安心してしまう傾向がある。

拝金主義に毒された世界にとっては、こんな程度で人々は納得してくれるのかと、あの悪しき「マスク」の如きものがばらまかれることになる。あれはショート・メッセージと同じ発想。だが、舐めるなよ、と誰もが思ったはず。つまり、思考し、想像し、共生し、創り上げていく人間を、「マスク」二枚というメッセージで口封じする気かと、感じたはずなのだ。この感性が表現を生み、活字へとつながり、政治やSNS、マーケティングなどの言語とは異なる、襞多き底深い世界を提示する本の数々となるのである。

出版物の大海へと飛び込み、荒れ狂う波に翻弄されながらも、いつも手放さなかったブイというのが、作家である私の場合、文学である。あらゆる書物を文学として読む。つまりは、世に瀰漫《びまん》する数式化、確率化できるかのようなロゴス（論理）からはみ出た、豊饒なる言葉こそが、文学であり、人間の言葉なのである。善悪正邪混沌だから面白い。一筋縄では行かぬ複雑怪奇な人間だからこそ面白いのである。見渡せば、時代や社会の無意識までたっぷりと抱え込んだ強度、深度のある書物が、ここにも、あそこにも！　時に時代・社会の秘密に近づきすぎて座礁している本もあり、またあまりの内容の濃さに現実から沈んでしまう本もある。それこそ見逃す手はないではないか。

この『言葉である。人間である。』は、「東京新聞」で月一回連載した「3冊の本棚」をまとめたものである。二〇一三年から二〇一九年まで、時代と社会の様々な動きの中で、毎月、「これは！」という強度・深度・実力の三冊をピックアップ、紹介したコーナー。社会の深層に測鉛を下ろし、探り、厳選したものだが、ジャンルも多岐にわたり、また現代においても重要なヒントとなる古典も取り上げさせていただいた。書物の心拍に耳を澄まし、その沸点の高低に狂喜乱舞しながら、特注の本棚にでも並べたくなる本ばかりとなった。それぞれの末尾には、その月の私的近況と時代のトピックを添えさせていただいた。

連載中、いつも励ましていただいた東京新聞文化部の担当者、中村陽子さん、出田阿生さん、小佐野慧太さん、鈴木久美子さん、矢島智子さんに心から感謝申し上げます。また本書の副題に「読書術極意」とつけて著者を緊張で震え上がらせた言視舎社長、かつ畏友の杉山尚次さん、ここに記して多大なる謝意を表します。何より、連載時の読者の方々、また本書を手にして下さった読者の方々に、心より感謝申し上げます。
どこから開いても良し、どこで閉じても良し、の『言葉である。人間である。』。そのページを繰る読者の方々の手つきは、すでに時代と社会を読む達人のそれとお見受けいたします。

二〇二〇年一〇月

藤沢周

目次

2015年

2016年

2017年

2018年

2019年

2 0 1 3 年

小説は自由な生き物

開高健／トム・ジョーンズ／金子光晴

「どんな小説？」と、まずは聞かれる。「うーん、ストーリーがない」と、取り急ぎ答える。すると、ほとんどの方々が、「じゃあ、あなたの作品は、小説ではない？」と、キョトン。私もその顔に、キョトン。しばし沈黙があって、互いに爆笑するのである。

小説は自由な生き物。何をどう書こうとかまわないし、書き手を離れて、勝手に暴れまわっても良い。ワクワクドキドキの展開もＯＫ。鬱々と晦渋なる文章の連なりもアリ、だろう。だが、予定調和的に、小説とはストーリーがあるものと信じ込むのはもったいないことなのである。むしろ、一文一文に陶然としながら、読むという時間を楽しむ方が良いのではないか。

たとえば、❶開高健『珠玉』の中の「玩物喪志」は、宝石ガーネットの赤色をこう描写する。

「石はつめたい。凜と張りつめて冷澄である。そこにみなぎる赤は濃くて暗くて、核心部はほとんど闇である。深沈とした激情と見える。…（略）…石化した焔《ほのお》である」

その美しさに気が遠くなりそうだ。この主人公がどうなろうがかまわない。日常のほんの細部に強度の眼差しが入るだけで、世界の秘密が覗く。これが小説の一つの醍醐味。ならば、これはどうか。**❷トム・ジョーンズ『拳闘士の休息』**所収の「黒い光」の冒頭部。

「キャンプ・ペンドルトンの主任精神科医アンディ・ホーキンズ中佐が〈鷲鼻〉とか〈鷲〉という一目で納得できるあだ名で呼ばれていたのは、彼が初めてベトナムに赴任して間もないころ、発狂した海兵隊員に突然飛びかかられて鼻を嚙みちぎられてしまったせいだった」

ブリキの鼻をつけて、自らの不幸と付き合おうと決めた中佐も中々だが、米軍キャンプに澱《よど》むクレージーな空気をがっちり摑んだ筆致こそが凄いのだ。

さらには、マレー半島に流れるセンブロン河の泥水に、人生の振幅を見た詩人もいる。水浴のために使われる川水の中に、「時には、糞尿がきらめいて落ちる」。神々しいではないか。東南アジアに繁茂する生の営みすべてを全肯定した、❸金子光晴『マレー蘭印紀行』は、開高健にインスピレーションを与えた書でもある。

優れた作品は何処から読んでも良し。一行の文章に、世界の善悪正邪が満ちているのだ。

❶開高健『珠玉』（文春文庫）……三つの宝石をめぐる官能的文章。再三味読。

❷トム・ジョーンズ『拳闘士の休息』（岸本佐知子訳、河出文庫）……O・ヘンリー賞。毀《こわ》れた人間を書かせたらピカ一。

❸金子光晴『マレー蘭印紀行』（中公文庫）……熱帯雨林、いや、世界への愛のいきれに酔う。

◎**5・5掲載**▼新年度にいつも乗り遅れる。慌てず、さらに遅れよう。◎**5・31**▼東京スカイツリーからのテレビ本放送開始。

「これは自分が書いたのではないか」

西田幾多郎／北村透谷／井筒俊彦

自己と世界が分からなくなった十八の頃――。と、五十代半ばの男が書くのも気色の悪い話だが、あの頃の苦悶がなかったら私は文学をやっていなかった。それまで本の類を一切読まなかった新潟のおバカな高校生が、見慣れていた雪景色にふと引っかかったのである。「俺はこの景色を綺麗だとあたりまえに思っているが、何故綺麗と思うのか」……。愚問である。言語体系の外にある「美」を、言語で説明しようと思って、もがいてしまったのだから。

それから荒れ狂う冬の海に毎日通い、「雪は何故綺麗なのか」という恥ずかしい問題に悶《もだ》えながら、自分と現実と言葉がバラバラになっていく時を過ごしているうち、とんでもない瞬間が訪れることになる。荒波の飛沫一つ一つが私になり、海を見ている自分自身が消滅したのである。「ややや──！　これは大変だ！」と慌てて、言葉を綴り始めたのが私の文学の始まりである。

その直後に出合ったのが、❶**西田幾多郎『善の研究』**である。「経験するというのは事実其儘《そのまま》に知るの意である。全く自己の細工を棄てて、事実に従うて知るのである。──（略）──自己の意識状態を直下に経験した時、未《いま》だ主もなく客もない、知識とその対象とが全く合一している」。これは俺のことをいっている！　と愚かな若者はハマり、禅をベースにした東洋思想を日本で初めて哲学化した書物を何度も耽読したのだ。

禅僧になるか、作家になるか、と迷いながら大学に入り、またも「これは俺だ！」と、❷**『北村透谷選集』**を手にすることになる。近代文学の祖が書いた「内部生命論」は、西田の主客合一をさらに芸術として高めるような文章で、深層意識のさらに奥底にある魂の眼で世界を捉える、畏怖すべきものだった。

そして、今、「これは自分が書いたのではないか」と言っては、周りの人々に呆れられている本がある。❸**井筒俊彦『意識と本質─精神的東洋を索めて』**。まさに東洋禅の深層にある精髄を分かりやすい言葉で解き明かした名著である。「言語によって決定された意味的範疇の枠組から抜け出す」ことにより、「人間の意識構造を根本的に錬りなおして、今までかくれていた認識能力の扉をひらき、それによって今まで見えなかった事物の真相を摑む」術がみっちりと書き込まれているのだ。「これは私が書いたのだ、書きたかったのだ」と何度も信じ込もうとするほど一生の書物。

❶西田幾多郎『善の研究』（岩波文庫）……世界の真相をゲットする術。
❷『北村透谷選集』（勝本清一郎校訂、岩波文庫）……明治の天才詩人は凄かった。
❸井筒俊彦『意識と本質──精神的東洋を索めて』（岩波文庫）……東洋の叡智と霊感。魂が酔う。

◎**6・2掲載**▼剣道の猛稽古に明け暮れるも、痩せぬなあ。◎**6・22**▼富士山が世界文化遺産に登録される。

書物の息遣いと佇まい

藤原新也／城戸朱理／司修

　忘れられない一行は、あまたあれど……。俳句しかり、短歌しかり、あるいは、フランスの作家ジャン・コクトーの「私の耳は貝の殻、海の響きをなつかしむ」。さらには、糸井重里さんの名コピー「おいしい生活」とか。小説の中の光る一行も。

　そして、こんな一行。「ニンゲンは犬に食われるほど自由だ」。写真家の❶**藤原新也『メメント・モリ』**の中の伝説的フレーズだ。インド・ガンジス河のほとりでの、人の骸《むくろ》が二匹の犬に食われている光景。それをファインダーに収めつつ一行を添えた。残酷や悲惨などという価値観自体を壊して、宗教的な地平を我々に提示してくれたのである。

　メメント・モリ＝死を想え。多くの写真とともに、藤原の詩人的眼差しが善悪正邪を超える世界の真実を伝えていて、「美しい書物」と形容したいほどだ。ずいぶん前に出版された本だが、時々ページを繰る大事な一冊。

詩と美しい書物は不可分。第三十回現代詩花椿賞を受賞した**❷城戸朱理『漂流物』**もその一つ。著者の住まう鎌倉の海を歩き、「すでに何かであることを終え、その名を失ったもの」である「漂流物」の囁きを聞く。

詩人自らがライカで撮った瀟洒で静謐な写真とともに、散文詩を添えた。貝殻、人形、鳥の死骸、缶、流木……と、私たちはそれらを見て名指すが、すでにそこには波に洗われ、意味を剝奪された非人称たちが横たわっているといった方がいい。その未生の状態にある「漂流物」への思索は、日常や現実という所に偶然にも座礁した、私たちの在り処をも問う。

「本は、むしろ佇んでいるひとりの人間に似ているのである」と書いたのは、『なつかしい本の話』での文芸評論家の雄、江藤淳だが、その文章を引用した**❸司修『本の魔法』**には、何人もの文学者の佇まいと息遣いがある。画家であり、装幀家であり、作家でもある著者が、実際に装幀を担当した書物と、その作者について綴る文章は、「美しい書物」論であるとともに、さらに人間学の本でもある。

命を削って作品を書いた小説家の魂と、その作品をやはり命を懸けてでも読者に届けたい装幀家や編集者の魂。絡まり合い、炸裂し、時に酔い、涙する。人間の心の襞を書物を通して描いた本書は、凡百の小説を超えるドラマをはらみ、読んでいるこちらの佇まいに喝さえ入れてくれるのだ。

❶藤原新也『メメント・モリ』（三五館）……死の光学で生を焙《あぶ》り出す。
❷城戸朱理『漂流物』（思潮社）……どこから読んでも詩的潮騒。
❸司修『本の魔法』（白水社）……パッションなる秘密の呪文。

◎7・7掲載▼憂鬱な梅雨なれど……雨過ぎて青苔潤う。季節を深呼吸。◎7・21▼参院選で自民圧勝。参院で少数与党のねじれ解消。

「悪」とはなにかを追いつめる

井口時男／山城むつみ／ジョルジュ・バタイユ

なぜ、このようなことが起こるのか。

いじめ問題はもちろん、広島での集団リンチ殺人など、凄惨な事件が後を絶たない。

だが、それらはむしろ、逆説的な意味で「罪」や「悪」のレベルにすら達していないとはいえないか。もっての外である、と。未熟で、愚かで、残忍、そして、想像力の欠落、の果てに取り返しのつかないことになったのである。動機が何であれ、一つの宇宙を破壊してしまう殺人は、許されるはずもないだろう。それを踏まえた上で、「殺人」を焦点に、人の心の奥深くにある地下室に潜りこみながら、文学的手法で解析した書がある。
❶井口時男『少年殺人者考』。物騒なタイトルではある。だが、ここで試みられているのは、小松川女子高生殺人事件から秋葉原無差別殺傷事件までの犯人らの言葉を読み込む

こと。そして、真の意味での「罪」や「悪」を考察すること。

浮かび上がってくるのは、誰の身にも「ある種の知的クーデターは、十九歳と二十四歳のあいだに起こる」（ヴァレリー）可能性があるということだ。自らの内部を純粋に見つめるがゆえに、まったく別物の怪物の自分と出会ってしまう。世界が灼熱化して意味を失った時、人は何をしてしまうのか。もしも彼らが芸術や哲学などの別の表現手段を持っていたら、とも思うのだ。ドストエフスキーのように。

❷山城むつみ『ドストエフスキー』は、作家の描く地下室的主人公たちの内面をマニアックなほど緻密に追って、その視線の動きや息遣いの乱れ一つをも逃さない。
ラスコーリニコフが金貸しの老女を殺害したのはなぜか。善をなさんと欲して悪を来す人間という喜劇の恐ろしさとは何か。『罪と罰』『悪霊』『作家の日記』『白痴』『未成年』『カラマーゾフの兄弟』を読み解きながら、ドストエフスキーの「罪」と「悪」の動力を、まったく新しい角度から発見した。

さらに、「悪」の極限について書かれた本も、紹介させていただく。**❸ジョルジュ・バタイユ『文学と悪』**。サド、カフカ、エミリ・ブロンテなど八人の作家を論じつつ、文学にとって至高のものとは何かを展開した古典的名著。バタイユ独特の言い回しに難解な部分もあるが、超道徳的な意味での「悪」が、凡百の事件と対極にある世界の秘密を開示する。

文学、恐るべし。

❶井口時男『少年殺人者考』（講談社）……深淵の底に、もう一人の自分。
❷山城むつみ『ドストエフスキー』（講談社文芸文庫）……地下室に残る「罪」の指紋。
❸ジョルジュ・バタイユ『文学と悪』（山本功訳、ちくま学芸文庫）……純粋な「悪」への歪《いびつ》な鍵穴。

◎8・4掲載▼鎌倉八幡宮の「ぼんぼり祭」揮毫。毛筆反乱、墨、撲、僕……。◎8・9▼財務省、国の借金が1000兆円を超えたと発表。

道を究める理論書

世阿弥／オイゲン・ヘリゲル／宮本武蔵

猛烈な残暑の中、剣道の稽古。冷房などない道場で、面胴小手つけての激しい運動は自殺行為なれども、あの立合いの緊張感は捨てがたい。とはいえ、どうにも某《それがし》、下手なのである。やればやるほど難しい。息が上がる。驚懼疑惑《きょうくぎわく》の四病に陥る。これは暑さばかりのせいではなく、精神の問題である。何か、良きヒントはないか、と書棚を見れば、あるではないか。武芸書ではない。世阿弥だ。

❶日本思想体系『**世阿弥　禅竹**』は、世界初のパフォーマンス理論の書『風姿花伝』はもちろん、人間の無意識を舞台化した能役者世阿弥のエッセンスがぎっちり詰まっている。たとえば、「拾玉得花《しゅうぎょくとくか》」には、「言語を絶て、心行所滅也。是を妙と見るは花也」とある。言葉によって認識しているうちは駄目。ひたすら無心の奥にあるものこそ妙、と。打とう、

さばこう、などと考えているうちは、剣先は浮ついているわけである。さらには、「花鏡」に、「せぬ所が面白き」とある。無心の状態にあり、さらにその無心さえも意識しない静謐にこそ、「万能を一心につなぐ感力」があるとも。

深い。すべてに通じる。要はやはり己自身の問題である。己の中心を攻めることか、と思った時に、「そうだ」と手の伸びた文庫本が、**❷オイゲン・ヘリゲル『日本の弓術』**。大正時代に日本にやってきたドイツの哲学者ヘリゲルが、射聖阿波研造に弓道を習い、日本文化の底流にある禅思想を会得するまでの話である。阿波先生の射放った矢が二箭とも同じ所に。つまり、的の中心に刺さった一箭目の矢筈《やはず》を裂いて、二箭目も的中。「嘘だろう？」とヘリゲルは瞠目する。「的は私の方へ近づいてくる……それは私と一体になる。これは心を深く凝らさなければ達せられない。……矢は中心から出て中心に入るのである。それゆえあなたは的を狙わずに自分自身を狙いなさい」。

剣となれば、やはり、**❸宮本武蔵『五輪書《ごりんのしょ》』**。宇宙との一体化を表す「万理一空」なる兵法の極意までの実践書。地・水・火・風・空之巻に分かれた細微にわたる太刀筋、足さばき、心構えなどマニアックではあるが、「兵法のはやきといふ所、実の道にあらず」など、リアルな立合いならではの描写も。剣さばきが速いなどといっているレベルでは駄目なのである。ならば、何が必要か？　いえいえ、これは教えられません。次の稽古まで秘かに朝鍛夕錬。

❶『世阿弥　禅竹』（岩波書店）……防具袋にも合うから不思議。
❷オイゲン・ヘリゲル『日本の弓術』（柴田治三郎訳、岩波文庫）……海外に持っていくならコレ。
❸宮本武蔵『五輪書』（鎌田茂雄全訳注、講談社学術文庫）……ただ読んでも強くはなれず。

◎9・1掲載▼故郷新潟に帰省。父の墓前でしみじみ男の秘密を語らう。◎9・7▼安倍首相、東京五輪招致のプレゼンテーションで「福島第一原発はアンダーコントロール」と発言。

秋に悶える

堀辰雄／チェーホフ／松家仁之

朝夕すっかり涼しくなった。となると我儘なもので、あんなに「暑い、暑い」と文句をたれていた夏にもかかわらず、去りゆく季節に寂しい気分になったりする。空高い鱗雲や山の稜線を際立たせる夕焼けなどを見て、なんともせつないほどの感傷を覚えるのだ。さらには、秋風に漣《さざなみ》を立てる川面やアスファルトを転がる枯れ葉の乾いた音などにつかまり、感傷よりももっと深刻な憂悶《ゆうもん》に捉われることがある。ロシア語でいう「トスカ」である。

「どうかするとそんな風の余りらしいものが、私の足もとでも二つ三つの落葉を他の落葉の上にさらさらと弱い音を立てながら移している……」

今、宮崎駿監督の映画原作で話題の❶**堀辰雄『風立ちぬ』**のラスト。改めて本作を読んでみて、冒頭から悶えるような「トスカ」に陥った。それほど見事な自然描写なのである。

胸を締めつけられて、絶望やら狂気と背中合わせの、甘美なほどの恍惚といったらいいか。自然の崇高美に言葉をなくして茫然とする感覚が、行間のあちこちで囁いているのである。結核を病んだ妻とのサナトリウムでの生活は、愛と絶望と残酷の日々で息苦しいが、それ以前に、心象を通した自然描写の見事さに、ただただ陶然、しかも魂が痛くなるのである。

「トスカ」の本場といえば、**❷『新訳　チェーホフ短篇集』**。画家とミシュスという可憐な女性との淡い恋を描いた「中二階のある家」や、息子の死の悲しみを誰にも聞いてもらえず、馬だけに語りかける御者の物語「せつない」など、十三篇。短篇の名手の文章に胸の奥底を掴まれる。また作品ごとに訳者の沼野充義さんの解説が入っていて、これが最上級の随筆の味わい。チェーホフを通して、人生の黄昏《たそがれ》や秘密をさりげなく、かつ奥行き深く教えてくれるのだ。

人間、人生の不可思議さを集めた一冊も紹介せねば。上質の海外小説翻訳で知られる「新潮クレスト・ブックス」。その創刊十五周年特別企画「短篇小説ベスト・コレクション」として刊行された**❸松家仁之編『美しい子ども』**。

ボウルに水を入れてキッチンの床でバタフライの練習をする老人たちの話「水泳チーム」（ミランダ・ジュライ著・岸本佐知子訳）をはじめ、現代最高の海外短篇十二本のアンソロジー。むろん、人生の「トスカ」に満ちて、これ一冊だけで人間通になれるかも。

読み終えるのがとにかく惜しい一冊。

❶堀辰雄『風立ちぬ』（角川文庫）……いざ生きめやも。読まめやも。
❷『新訳　チェーホフ短篇集』（沼野充義訳、集英社）……どれを読んでも悶える逸品群。
❸松家仁之編『美しい子ども』（新潮社）……人なる不可解の例証と研究。

◎10・6掲載▼秋になると、季節性うつ病に摑まる。甘美なる地獄。◎10・1▼2014年4月からの消費税率引き上げ（5％↓8％）を閣議決定。同15日特定秘密保護法案が国会に提出される。

お爺さんのかっこよさ

三浦しをん／西部邁／チャールズ・ブコウスキー

散歩の途中で、ふと目にした姿。ベンチに座る八十歳ほどの男性である。渋いジャケットを着て、凜と背筋を伸ばしている。そして、独り視線を宙に凝らしていたのだが、そのオーラというか気配というか、こちらは何か目撃してしまったという感触だった。

お孫さんの前では好々爺《こうこうや》だろうが、抱えているものはかなり激しい。胸元に刃を隠しているかの迫力があった。当然であろう。経験と思索の重なりと、さらに濃くなる情動と。しばらく、大先輩の素敵な姿に見入ってしまった。

高齢者の方々が優しく、柔和であると思うのは大いなる間違い。己を顧みれば分かることだ。五十四歳にもかかわらず、ますます自身でも一筋縄ではいかなくなる世界観に手をこまねいているのだから。こうなったら、とことん、である。

❶三浦しをん『政《まさ》と源《げん》』は、そのとことんを極めた「じじいコンビ」が主人公。東京都墨田区Y町に住む、つまみ簪《かんざし》職人の源二郎と、元銀行員の国政、共に七十三歳。幼なじみの二人が荒川を小船で縦横に渡るたび、堆積された人生の陰翳が波紋を立てるのである。チンピラとは喧嘩する、わずかに残った髪を緑色に染める、別居中の妻に恋文を書く、と、アグレッシブなのだ。哀切と情感、突き抜けた笑いは、やはり多大なる時を生きなければ出てこない。こうなりたいのである。

カッコいい先輩方というのは、やはり言葉が違う。**❷西部邁《すすむ》『昔、言葉は思想であった語源からみた現代』**は、事あるごとに読んでいるバイブル。

多弁症ゆえに現代は質的な失語症に陥っているのだ、と、経済・社会・政治・文化における鍵となる言葉を語源から探り、世界の真実を抉り出す。

教養の深度のみならず、思想的かつ人生的にも修羅場（？）をくぐり抜けてきた者の迫力が、文章から強烈に発せられているのだ。現代の「精神の牢獄」から脱出したければ、人生の師の言葉を読め。

もう一人。とんでもない爺さんを。**❸チャールズ・ブコウスキー『ブコウスキーの3ダース』**。酒、女、ギャンブル……徹底して形而下《けいじか》のことしか書かれていない短篇集だが、いやいや、文学の死角をつく傑作ばかり。ジュネやサルトルが「アメリカ最大の詩人」と評したエロ爺の小説は、生きることの真実を叩きつけてきて、圧倒される。

❶三浦しをん『政と源』(集英社)……どっちのタイプの翁になるか。
❷西部邁『昔、言葉は思想であった　語源からみた現代』(時事通信出版局)……斬られて覚醒、言葉の力。
❸チャールズ・ブコウスキー『ブコウスキーの3ダース』(山西治男訳、新宿書房)……啞然、茫然、愕然の短篇群。

◎11・3掲載▼鹿児島で焼酎を呑み過ぎ、叩けば桜島の灰が出る身に。◎11・27▼国家安全保障会議(=日本版NSC)設置法、成立。

秋の至福は食、禅、京都

巨福山建長興國禅寺／有馬頼底／kotoba

食欲の……と書いて、別に秋に限らず、年がら年じゅう食べ、呑んでいるか。たまには、と身体を澄ますために地元北鎌倉の精進料理の老舗「鉢の木」さんに——。やはり食べるのか、という話ではあるが、宋僧蘭渓道隆開山の鎌倉五山第一位の禅刹《ぜんさつ》・建長寺門前で創業されたお店である。

段付の胡麻豆腐や叩き長芋、利休麩、寒天酢の小付、しめじ茸土瓶蒸し、湯葉に七種の野菜を揚げた延命袱紗などなど食しているうち、本当に内臓が温かくやわらぎ、細胞がリラックスするのを実感する。「ああ、これか、これだな」と思っているところに、「鉢の木」の社長・藤川譲治さんから一冊の本をいただいた。❶**巨福山建長興國禅寺監修『鎌倉建長寺の精進料理』**。建長汁《けんちんじる》をはじめ、素材を大事にして丁寧に作る八十六の禅寺レシピが満載。日常の作務や食事も修行である禅の精神をありがたく噛みしめるわけである。甘、酸、塩、苦、辛、淡の六味のバランス。喜心、老心、大心——親が子を思うように健康に気遣い、偏りのない深い心で自らと人のために喜んで料理を作る。この一冊は、食における永久保存版。

よし、腹は満ちた。さて、寝るか、ではいけない。「雑巾がけひとつ満足にできない人間に、大きなことを成しとげられるはずがない」との、耳にも目にも痛いフレーズ。その帯文の本を見ぬふりしようと思ったが、手にした瞬間から気持ちが研ぎ澄まされるのだ。

❷有馬賴底『「雑巾がけ」から始まる　禅が教えるほんものの生活力』。一掃除、二信心。お勤めや書物・語録を読むよりも、まずは掃除。身の回りの清浄は心の鏡。京都相国寺・金閣寺・銀閣寺の住職がやさしく書いてくれた本は、掃除以外にも食事、振舞、禅寺、文化に及ぶ作法を具体的に教えてくれる。すべてを磨きあげたくなるのだ。

食もだが、そうだ、京都へ行こう……の秋でもある。鎌倉の野武士は、京都にも中毒になり、秋冬などは特にウズウズする。あまたあるガイドブックはさておき、とても素敵な一冊を見つけた。**❸集英社クオータリー『ｋｏｔｏｂａ』２０１３年秋号**。特集が「読書人のための京都」で、アカデミズムかつ文芸的かつ温故知新の都というアプローチから、古刹《こさつ》はむろん、書店、喫茶店、居心地のいい場所を紹介。行ってないところがまだまだあるではないか。

食、禅、京都……秋の至福。

❶巨福山建長興國禅寺『鎌倉　建長寺の精進料理』（世界文化社）……一食で肌の色ツヤが変わる。

❷有馬賴底『「雑巾がけ」から始まる　禅が教えるほんものの生活力』（集英社）……心の浄化も肝要なり。

❸集英社クオータリー『kotoba』2013年秋号（集英社）……使いこみたい京都マップ付。

◎12・1掲載▼剣道四段審査が迫る。今はペンより剣か。噫《ああ》、締め切りが！　◎12・6▼特定秘密保護法が成立。

２０１４年

深層意識の扉を開ける

髙樹のぶ子／辻原登／ローラン・ビネ

年が明けて、まだ二月だというのに、すでに朧《おぼろ》である。吾輩の頭が、である。元旦から小説を書いていたせいか、どうにも作品世界から戻ってこられないのだ。また執筆モードになると、深層意識の扉が開いたままになるから、何の加減か、ヒョイっと幼い頃の記憶やら、地元鎌倉名物の幽霊らしきものがよぎったりする。と、少し大げさだったが、意味不明のフラッシュバックや幻覚なるもの、これは夢と現《うつつ》のどちらの範疇に入るのか。

❶髙樹のぶ子『香夜《かぐや》』は、凡百の幻想文学や、あるいは若手作家がよく使う幻覚、ゴーストなどを歯牙にもかけぬ、迫力かつディープな小説である。生身の幽霊、と書くと矛盾めくが、死者が死者にもかかわらず、本当に生きているのである。女性主人公が死者とと

もに旅をし、死者を殺し、死者とともに鎮魂する連作長篇。

人の抱える深層意識の底には、言葉になるもの、言葉にならざるものが蠢《うごめ》いているが、その後者がふとした拍子に日常の中に顔を出す。人はそれを幻覚だの、霊だのというが、この作品は幻想文学を描く手つきすら拒否し、ひたすら正確に無意識の中にあるものを描いたのだ。死と官能を甘やかに、また残酷に綴った物語は、生への愛おしさにあふれ、人の抱える想念の原理を教えてくれる。

一切の幻想なし、ゴリゴリのリアリズムで人間の自由を描く傑作もある。百花繚乱の物語の名手**❷辻原登『冬の旅』**は、幻想とは対極。あえて緻密な履歴書のごときクールな筆致で描いた稀有なる長篇。妻の失踪から人生が傾き、失職、病気、路上生活、強盗致死……へと到る男の物語。五年の刑期を終えて滋賀刑務所を出所するシーンから始まるが、「おれはおれの人生に別の意味合いをみつけた上で、縛り首になるんや」との崇高なピカレスクロマン。だが、この主人公、自分であってもおかしくない、と思えてしまうから怖い。

さて、幻想やフィクションを書く自分に疑いを持ちつつ小説を書くメタ小説、**❸ローラン・ビネ『HHhH－プラハ、1942年』**は、ユダヤ人大量虐殺の首謀者「金髪の野獣」と呼ばれたハイドリヒと、彼を暗殺する二人の青年についての実際の物語だ。史実に空想を加味することのジレンマに翻弄されつつ、若き作者、デビュー作にしてゴンクール賞最優秀新人賞を取った。いやはや、脱帽。

❶高樹のぶ子『香夜』（集英社）……羽衣は官能の満ちる夜に開く。
❷辻原登『冬の旅』（集英社）……ただ向きたらむ方に可行《ゆくべ》き也。
❸ローラン・ビネ『HHhH－プラハ、1942年』（高橋啓訳、東京創元社）……このソリッドな装幀、プラハ的。

◎2・2掲載▼なにやら今年は時のたつのが遅い。吉兆？　凶兆？　不動心。◎2・7～23▼ソチ冬季五輪。フィギュアスケートの羽生結弦が金。

芥川賞作家　練達の文章

文藝春秋／小山田浩子／堀江敏幸

第百五十回を迎えた芥川賞・直木賞。

芥川賞を「何卒《なにとぞ》私に與《あた》へて下さい。一点の駈引《かけひき》ございませぬ／私を見殺しにしないで下さい」と、選考委員の川端康成に手紙を送ったのが、第一回候補の太宰治である。そんな裏での「駈引」なぞしなければ良かったものを。なにしろそれほど欲しかった芥川賞なのだ。その賞自体の歴史は？

❶**文藝春秋**編『**芥川賞・直木賞150回全記録**』は、その歴史を全網羅。受賞者すべての写真から選考会の模様、当時の記事など、ぎっちり詰まっている。あらー、私が「ブエノスアイレス午前零時」で第百十九回芥川賞をいただいた時の写真もあって、なんとも若い。恥ずかしい。

いや、自分のことはさておき、とにかく、収録された座談会などがじつに面白いのである。たとえば、吉行淳之介、水上勉、開高健、三浦哲郎、田久保英夫、古井由吉による特別座談会「芥川賞委員はこう考える」（一九八七年）。徳田秋声の短篇の仕上がりについて、「よく絞ったおしぼりがちょっと戻るところの、あの戻り加減」が凄いという、もう書き手ならばひっくり返りそうな宝の言葉が満載なのだ。六人の大先輩の至言の数々は、作家志望者ならば立ち読みでもいいから熟読必須。

さて、記念すべき第百五十回芥川賞受賞作の❷**小山田浩子『穴』**。夫の田舎に移り住んだ主人公。道で見たこともない獣に遭遇し、その後を追ううち不気味な「穴」に落ちてしまう。それからというもの、同じ日々であるにもかかわらず、日常の襞に紛れ込んでいる異界を生きてしまうのだ。何も変わらないのに、すべてがおかしい。私は生きている？死んでいる？　作者独特の戦略的ベタ書きが、じわりじわりと侵蝕してくる異次元のグラデーションを巧みに描出する。おしぼりの「戻り加減」はこれからだろうが、間違いなく、しぼる握力はあるぞ。

しぼり加減、ゆるめ加減の練達においては歴代の芥川賞作家はむろんだが、私と同世代では**堀江敏幸**。そのエッセイ集❸**『戸惑う窓』**の文章の美しいこと！

「たっていても、坐っていても、視線を外に向けると、いつか、かならず、なにかが起きるような気がする」

窓の外に未生の音を聴く鋭敏さは、むしろ成熟の証である。「なにを見てもなにかを思い出す」（ヘミングウェイ）のも切ないが、世界が生まれる予感への恋文にも、狂おしい溜息が出るものである。

❶『芥川賞・直木賞150回全記録』（文春ムック）……現代日本文学の超スクープ集。
❷小山田浩子『穴』（新潮社）……ほら、あなたの足もとにも！
❸堀江敏幸『戸惑う窓』（中央公論新社）……窓を見る。窓を聴く。

◎3・2掲載▼雪かき、のち雪かき。時々、もの書き。所により筆凍結。◎3・31▼フジテレビ系長寿番組「笑っていいとも！」終了。

成熟と老練のスタイル

鈴村和成・野村喜和夫／石川九楊／古井由吉

新年度か……。

新入生や新入社員の方々は希望に胸ふくらませて、というところだろうが、知命過ぎの中年男にはなんとも難儀な時期ではある。というよりも、元々、子供の頃から新年度は苦手で、いつも乗り遅れていたではないか。何を今さら……。

停滞というより、あえて逆行するへそ曲がりの性分を、何とかできんのか、と毎年思っていたが、今年は「良い良い」とゆるやかに手を振ってくれる心強い本があらわれた。

鈴村和成・野村喜和夫『ゆるゆる人生のみつけかた―金子光晴の名言から』。❶
「ゆられ、ゆられ／もまれもまれて／そのうちに、僕は／こんなに透きとほってきた」と、詩人金子光晴の『人間の悲劇』所収「くらげの唄」。名著『マレー蘭印紀行』は何度読んだことか。「エロ爺さん」の渾名に甘んじつつ、自由気ままに生きた極意がこの一冊に。「この身の栄えは禍《わざわい》である」との断言は、ゆるゆるスタイルへの相当の覚悟あってのことである。

詩人のごとき成熟と老練のスタイルを是非とも身につけてみたいものだ。と活字の間を「くらげ」のごとく逍遥していたら、**❷石川九楊『書のスタイル　文のスタイル』**と出会い、雷に打たれる想い。骨なき身がシャンとした。

スタイル＝尖筆（スティルス）＝文体。文字を書く上での起筆・送筆・終筆は、人そのものの感性や思考があらわれ、そのまま文体となり、生き様のスタイルとなる。万葉歌から日本国憲法までの言葉を追った日本文化のスタイル形成史は、目からウロコが落ちること請け合い。日本語の思考を磨き、鍛え、洗練させることが、最もクールかつスマートな成熟をもたらす。

文体といえば、やはり日本現代文学の最高峰、最も尊敬する**古井由吉**先生である。**❸『鐘の渡り』**の連作八篇は、日本語によって育まれた魂の、無限への広がりを感じさせる傑作群。女に死なれたばかりの友人と山に登り、無音の中に鐘の音を同時に聞いてしまう表題作ほか、生者や死者や自己や他者の境をも溶融した、言葉以前の次元にまで筆を差し入れるのである。

読後もじわじわと自らの心の輪郭が浸蝕されるのを覚えながら、言葉の崖のほころびへの一歩と、世界の実相に佇む覚悟のスタイルを教えられる。

❶鈴村和成・野村喜和夫『ゆるゆる人生のみつけかた――金子光晴の名言から』（言視舎）……エロ爺上等！　かくありたし。
❷石川九楊『書のスタイル　文のスタイル』（筑摩選書）……書の達人。筆、霊剣の如し。
❸古井由吉『鐘の渡り』（新潮社）……世界文学的にも未踏の領域。

◎4・6掲載▼一服入れ過ぎか。物書きなのに腰痛知らずは恥知らず。**◎4・1▼**消費税、5％から8％に引き上げ。

マルケスと不良息子

ガルシア＝マルケス／ロベルト・ボラーニョ／ウィリアム・トレヴァー

ラテンアメリカ文学を代表するノーベル文学賞作家、**ガルシア＝マルケス**逝去。巨星の訃報に触れて、「小説とは何ぞや」と悩んでいた若い頃を思い出す。作品を初めて読んだのはまだ学生時代だったが、東京・阿佐谷の六畳のアパートで、「なんて、小説とは自由なんだ！」と飛び上がり、コタツの足を壊したのを覚えている。

代表作❶**『百年の孤独』**の途方もなさ。マコンドという村の開拓者一族ブエンディア家の百年の歴史に練りこまれた、神秘、混沌、幻想、ユーモア、悦楽、絶望、死……。「一体これは何だ？」と、いわゆる魔術的リアリズムというやつに度胆を抜かれたわけだ。それから二十世紀後半の文学は、日本も含めガルシア＝マルケスの子供たちが続々と新しい風景を展開させていき、「よし、俺も！」などと実験作など書き始めたが、私は不良息子となりはてた。

南米文学における筋金入りの不良息子といえば、二〇〇三年に亡くなった**ロベルト・ボラーニョ**だろう。「マルケス？　あのオヤジはスノッブすぎる」といわんばかりに、圧倒的な想像力で、現代文学の奇蹟ともいえる黙示録的大長篇『２６６６』をものした男だ。

その晩年の短篇集❷**『鼻持ちならないガウチョ』**がまたじつに面白い。「どんな人間も、人生のどこかでエルサレムに入城するものなんだ」。ドンキホーテよろしく駄馬にまたがり、くすぶるような孤独と運命の十字架をひきずる老弁護士を描いた代表作ほか、講演録も二つ収録。ラテン系の狂気が仕込まれた文学の力を堪能できる。

額の汗をぬぐって南米から一気に飛んで北。アイリッシュウイスキーを飲みたくなって、ではなく、アイルランドの霜に覆われたような、冷ややかな狂気と罪を描く作品も読みたくなる。❸**ウィリアム・トレヴァー『アイルランド・ストーリーズ』**。

一発目の「女洋裁師の子供」（二〇〇六年、Ｏ・ヘンリー賞受賞）からして、歯ぎしりするような悪夢を見そうである。スペイン人のカップルをクルマで聖母像まで案内した帰り、洋裁師の娘をはねてしまう自動車修理工の主人公。読後、こちらの閉じたはずの心のマンホールの蓋にまで隙間ができて、忘れたい罪をうずかせるのだ。読まねば良かった。

でも読まずにいられない。現場に戻る犯罪者の心理か。聖母像に祈らねばならぬ。

---

❶ガルシア=マルケス『百年の孤独』（鼓直訳、新潮社）……世界的ベストセラー、再読。
❷ロベルト・ボラーニョ『鼻持ちならないガウチョ』（久野量一訳、白水社）……パンパの地平線に想像の泉。
❸ウィリアム・トレヴァー『アイルランド・ストーリーズ』（栩木《とちぎ》伸明訳、国書刊行会）……その「紛争」は細部に宿る。

◎5・4掲載▼「クールノー均衡」を説明できぬ夢、連日。担当講義は文学だが。◎5・17▼歌手のCHAGE and ASKAのASKAが覚醒剤取締法違反で逮捕される。

「魔界」の扉開く文学

川端康成／富岡幸一郎／一休宗純

新緑が目の奥を愛撫してくれるかのようである。今住んでいる鎌倉の地の緑に癒され、ただ放心しているという時間もなかなか贅沢だが、これ、美しいというばかりではないのだ。山の中に入り、目を凝らせば、その貪婪《どんらん》な生の触手や爛《ただ》れるほどの葉群といきれに、怖ろしさを感じることもある。まして、夜などに一人、山の中に入れば――。

「魔が通りかかって山を鳴らして行ったかのよう」な響きを心で聴くこともある。❶**川端康成『山の音』**の、あの不穏な音を思い出すのだ。鎌倉に住む尾形信吾、六十二歳、一歳上の妻、息子修一とその妻、二人の娘と一緒に出戻った長女、で構成された、いわゆる家族小説とも読める。だが、死と老いの影が忍び寄る信吾の胸奥にうごめく情欲を軸に、家庭という日常に潜む奈落をじわりじわりと描いていく。その微細な所に隠れた奈落の闇からの音が、たえず鳴り響く、とてつもなく怖い小説。凡百のホラーやサスペンスよりもはるかに怖ろしくて、読むたびに身震いする。川端の筆の、魔の力だ。

文豪は一休宗純の「仏界入り易く、魔界入り難し」の言葉を芸術の真髄としていたが、その文学の「魔界」に踏みこんだのが、❷**富岡幸一郎『川端康成　魔界の文学』**。川端の愛した浦上玉堂の「東雲篩雪図《とううんしせつず》」と『源氏物語』、永劫回帰する虚無、女身の探求、抱擁する「魔界」などのモチーフを、作品の緻密な読み解きから抽出し、まったく新しい川端文学を開示した。「魔界」の扉を開け、そこにうごめき、うめき、のたうつ異形の悪と毒と芸術を捉えた筆致は、日本文学の未知の可能性をも示唆する。文学という黒い光が、闇を走る様《さま》に戦慄さえするのだ。

一休宗純は、とんちの「一休さん」が定着して、お味噌のコマーシャルに出てくる可愛いキャラクターを想起させるが、とんでもない。「魚を食い、酒を飲み、女色を近づけ、禅の戒律、禁制を超越」（川端康成「美しい日本の私」）した破戒僧なのだ。凄まじいまでの悪人正機。徹底的に「魔界」に入ることにより、悟達しようとしたアグレッシブな男である。その生き様は❸**『狂雲集』**を読めば一目瞭然。「美人の婬水を吸う…（略）…生身堕在す　畜生道」。こんなフレーズは序の口。「魔界」でもがき、咆哮し、真理を唾棄して真理をつかむ。
某《それがし》も見習いたいのである。

❶川端康成『山の音』（新潮文庫）……淫猥という崇高なる芸術魂。
❷富岡幸一郎『川端康成　魔界の文学』（岩波現代全書）……悪、毒、美をとらえる筆力。
❸一休宗純『狂雲集』（柳田聖山訳、中公クラシックス）……激しすぎる聖と性と生。

◎6・1掲載▼連作短篇疾風怒濤。徹頭徹尾唯我独悪。茫然自失悦楽地獄。◎6・21▼富岡製糸場と絹産業遺跡群、世界文化遺産登録決定。

人生の核心に近づく

東直子／福島泰樹／佐藤洋二郎

頁を繰ったら、もうやめられない。もっともっと、か。先が気になる、か。波打ち際の足裏の砂のように、甘美さと切なさに溺れそうになるうちに、いつのまにか核心に摑まれている。

「道を云はず後を思はず名を問はずここに恋ひ恋ふ君と我と見る」（与謝野晶子）

やるなあ、この可燃性の純潔とも呼ぶべき不良少女よ。

「年を経て相逢ふことのもしあらば語る言葉もうつくしからん」（尾崎左永子）

歳月の俯き……その翳りが美しい大人の女性へと深みをもたらすのだろう。ああ、思わず溜息が出る。

このような名歌が三百首あまり続くのだ。

❶東《ひがし》直子『鼓動のうた―愛と命の名歌集』。

もう読み始めたらやめられない。「愛の歌」「命の歌」をテーマに、近代短歌から現代短歌までを厳選。歌人・東直子ならではの感性豊かなエッセイがそれぞれに綴られ、さらなる読み応え。短歌を通して人生の核に近づける。

安保闘争と恋に燃え、自ら命を絶ってしまった岸上大作は、「白き骨五つ六つを父と言われわれは小さき手をあわせたり」という歌を作ったが、自らの骨を見た詩人もいる。「ホラホラ、これが僕の骨だ」の中原中也。三十歳で生涯を閉じた天才詩人。

❷福島泰樹『中原中也の鎌倉』も、魂を引っ摑んで離さない。こんなに中也の息遣いや体臭、体温を感じさせる本が今まであったか。「短歌絶叫」で中也の魂を叫び続ける歌人が、まるで憑依したかのように詩人終焉の地・鎌倉を歩き、いかに生きるべきかを問うた。

「思ひ出でては懐かしく、／心に沁みて懐かしく、／吾子わが夢に入るほどは／いつもわが身のいたまるゝ」。

この直後、愛児を亡くし、詩人は狂気を抱え込みながら異様なほど澄んでいく。生きること、愛することへの求道に、心震わされ、行を追うたび涙するのだ。

生と愛への激越なる願いを「南無阿弥陀仏」の六文字にこめた求道者といえば、親鸞。

❸佐藤洋二郎『親鸞―既往は咎めず』は、越後に流された若き僧侶が、五濁の泥にまみれ

ながらも、生きるとは何か、愛するとは何か、を真摯に問い詰め、悟りという蓮の花を咲かせるまでの成長小説である。その純度の高い魂の清冽さは、悪や既往の深部に潜む闇にまで救いの光を届ける。親鸞は現代にこそ輝きを放つのだ。

❶東直子『鼓動のうた―愛と命の名歌集』（毎日新聞社）……人生の秘密は三十一文字に宿る。
❷福島泰樹『中原中也の鎌倉』（冬花社）……中也がすぐ横で息をしている。
❸佐藤洋二郎『親鸞―既往は咎めず』（松柏社）……悪人正機はわが南無阿弥陀仏。

◎**7・6掲載**▼昔、握力70。宙を握れば水したたる（?）。今は神経痛の梅雨。◎**7・1**▼集団的自衛権行使容認を閣議決定。

喉と魂を潤す音楽

富澤一誠／岡本和明／ヴァレリー・アファナシエフ

暑い。

この炎熱と高湿によるストレス指数など調べるまでもないが、せめて良き憂さ晴らしはないか、と見渡せば……。あるではないか。日本のお家芸、カラオケ！　来生《きすぎ》たかおさんの曲を歌わせたら、本人よりもうまい、と豪語している私だが、じつは年に一、二回しか歌わぬという、あまりにもったいないことをしているのだ。

ならば、来生さんを真っ青にしてやろうぞ。まずは、喉ならしに他の人の曲から。「心もよう」「なごり雪」「神田川」……懐かしい。と同時に、あの頃を思い出す。すなわち「エイジフリー・ミュージック」、大人の歌謡曲、である。

Ｊ－ＰＯＰの育ての親、かつ音楽評論家の**富澤一誠**監修の五枚組ＣＤ『大人の歌謡曲～

心ときめく青春ヒット曲集』が話題になっているが、さらにそのミュージックシーンを築き上げてきた監修者が、収録された全九十曲を完全解説した本**❶『「大人の歌謡曲」公式ガイドブック』**が出たのだ。来生さんが井上陽水のバックでピアノを弾いていた、とか、その陽水が抱えている文学性、あるいは、「熟恋歌」のキモ、など、読むだけで、「はぁ」「へぇ」「ほぅ」と驚き納得のハ行が連発する。これは、社会学でもあり、ヒット学でもある。むろん、歌う喉と魂の滋養になること間違いなし。

喉と魂なら俺だ、と浪曲の革命児を描いたのが、**❷岡本和明『俺の喉は一声千両－天才浪曲師・桃中軒雲右衛門《とうちゅうけんくもえもん》』**。明治時代まで、貧民街由来の「差別される芸能」であった浪曲（浪花節）を高め、皇族の前で披露した男の生涯を追った伝記読み物決定版である。落語、講談の芸人すら一人もその舞台に立てなかった歌舞伎座で、あらゆる反対を押し切り、単身一声千両の声で唸れば……。満席の一千七百席の隅々まで（もちろんマイクなし）轟かせ、聴衆を感動で震わせたのである。一人の男の情熱と矜持と芸への覚悟。その実像に圧倒される。

音楽という哲学、音楽という詩学……本当は秘密にしておきたい一冊も。**❸ヴァレリー・アファナシエフ『天空の沈黙―音楽とは何か』**。静謐《せいひつ》で、美しく、しかも神秘の襞に織り込まれた宇宙の真理が、一瞬でも覗くような書物なのだ。ピアニストが綴る文章は――「音楽は時間の中を流れているのに、時間を消滅させる」と、そのまま詩のようでもある。陶然。無我。沈黙。溶融。ただひたすら胸の中に抱いていたい、奇蹟の一冊。

❶富澤一誠『「大人の歌謡曲」公式ガイドブック』（言視舎）……深いな、歌謡曲。人生の機微。
❷岡本和明『俺の喉は一声千両―天才浪曲師・桃中軒雲右衛門』（新潮社）……民衆の魂こそが真の芸を作る。
❸ヴァレリー・アファナシエフ『天空の沈黙―音楽とは何か』（田村恵子訳、未知谷）……ドルチェ！　芸術のすべてだ。

◎8・3掲載▼これでもクラシックギター教授の資格有、なのだ。五線譜がいつからか原稿用紙に。◎8・5▼朝日新聞、慰安婦強制連行の記事を取り消す。

外からの視線を持つ

陣野俊史／水原紫苑／岡田温司

また、バナナ、か。

八月二十三日の横浜マリノス―川崎フロンターレ戦で、マリノスのサポーターが相手の外国人選手に向けてバナナを振ったという。三月の浦和レッズ―サガン鳥栖戦での「JAPANESE ONLY」問題から、まだそう時間がたってもいない。

バナナを人に向けて振る、投げるは、国際的には相手を「猿」だと見なす人種差別的行為であることは常識。国連も日本政府に対して「ヘイトスピーチ」を法規制する勧告を公表するほどに、日本は差別的言動に鈍感すぎるともいえる。

そこで、❶**陣野俊史『サッカーと人種差別』**。日本指折りのサッカー通かつ気鋭の文芸評論家が、ピッチ内外での差別問題の歴史を緻密に読み解き、共同体というアイデンティティの幻想を破砕する。投げられたバナナを食べてレイシストたちをギャフンといわせたFCバルセロナのダニエウ・アウベスをはじめ、テュラム、エトー、バーンズなど、凄まじい憎悪と闘ってきた選手たちの高潔なこと。そのスタイルと意志をプレーとともに紹介する本書は、目頭が熱くもなる。

いかにコスモポリタンになるか。いかに共同体に内在しながら、外からの視線を持つか。サッカーだけの問題ではなく、現代において「私」と「あなた」のための必読の書である。

日本という共同体を象徴するものの一つとして、すぐにも浮かぶのが、桜。何につけ、桜。だが……。❷**水原紫苑《しおん》『桜は本当に美しいのか―欲望が生んだ文化装置』**。実力派の歌人が記紀万葉から二十一世紀の「桜ソング」までを鋭く解析しながら、桜が美しいと当たり前に感じている美意識を抉る。浮かび上がってくるのは、その美意識が、「創られた伝統」であり、「欲望が産んだ文化装置」であるということ。「古今」「新古今」はもちろん、「源氏」「能」「歌舞伎」など、桜にまつわる文芸作品をふんだんに盛り込みながら、幻想の共同体を暴いていく。

人類の幻想、かつ強迫観念といえば、アポカリプスか。❸**岡田温司《あつし》『黙示録―イメージの源泉』**は、古代から現在まで歴史の結節点でくりかえされてきた「終末」と「再生」のイメージを分析し、人間の想像力の源泉をとらえた重厚なるもの。「黙示録」は終末思想だけでなく、希望、勇気の源でもありながら、不寛容と暴力への扇動装置でもある。「神秘めかした無軌道の祭宴」（ロレンス）をいかに読むか。

崇高と低俗。神聖と堕落。ああ、人間！　ああ、人類！

❶陣野俊史『サッカーと人種差別』（文春新書）……自由と尊厳のパスをつなげ。

❷水原紫苑『桜は本当に美しいのか―欲望が生んだ文化装置』（平凡社新書）……咲く、散る、悲喜こもごもの……。

❸岡田温司『黙示録―イメージの源泉』（岩波新書）……戦慄、人類史の秘密の鍵。

◎**9・7掲載**▼秋風を少しでも感じると、季節性うつに陥る。中年男にも感傷。いや、思秋期か。◎**9・4**▼東京都、代々木公園で採取した蚊からデングウイルスの検出を発表。８月に、ＷＨＯエボラ出血熱について緊急事態宣言あり。

時代を画する言葉、文学

八木幹夫／長谷川郁夫／小澤勝美

秋の気配。匂い、空気、紫色の稜線……。いや、アスファルト道路に乾いた音を立てる落葉一枚、それだけで感傷のスイッチが入ってしまうではないか。世界の永遠と無限性に圧倒されるのだ。「いと、あはれ」なる魂の黄昏の中で、さらに細部を見れば――。

「枯木にからむつる草に／億万年の思ひが結ぶ／数知れぬ実がなつてゐる／人の生命より古い種子が埋もれてゐる／人の感じ得る最大な美しさ／淋しさがこの小さい実の中に／うるみひそむ」

日本現代詩の最高峰・西脇順三郎は「永遠の悲しみ」をそう表現したのである。❶**八木幹夫『渡し場にしゃがむ女―詩人西脇順三郎の魅力』**。これを読んでさらにその奥深さを知る。日本語の風景に画期的な新しさをもたらした詩集『旅人かへらず』から『えてるにたす』を、丁寧かつユニークに解き明かした。モダニズム詩人に関する書物のタイトルに、なぜ前近代的スタイルの「渡し場にしゃがむ女」？　これ、西脇詩のフレーズの一つなのだ。その秘密を探る著者の語り口がじつに楽しく、またディープ。「詩とは、言語とは、これだったか！」と膝を打つこと必至。

詩人と並んで古今東西の文学芸術を薬籠中の物とした文学者といえば、吉田健一。❷**長谷川郁夫『吉田健一』**は異形の文学者の全貌を明らかにした大部の書。重厚だが、読み始めたら止まらない面白さ。吉田健一の息遣い、体温、声のみならず、中村光夫、大岡昇平、三島由紀夫らで構成された「陽気な魔宴・鉢ノ木会」など、文学と時代の細部が沸騰しているのである。批評、随筆、小説を通し、言葉の可能性を探求し続けた「大人」の文学がここにある。おそらくこれ以上の吉田健一評伝はない。

詩ならば北村透谷、小説ならば夏目漱石。明治期に日本の文学を革命的に変えた二人。だからこそ、西脇があり、吉田があり、我々がある。この二天才を学術的に論じたのが❸**小澤勝美『透谷・漱石と近代日本文学』**。「なにゆえ透谷と漱石が一緒に？」と思うなかれ。自由民権運動に直接参加した透谷と、時代思潮としてその地下水に触れた一年先輩の若き漱石は、非常に思想的に近いところにいたのである。透谷の「内部生命」と漱石の「則天去私」の近似性を軸に、「ニセ近代」を批判していく二人の文学と思想は、現代においても刺激的。近代化が残した問題をいかにのり越えていくか。アクチュアルな思想が息づく。

❶**八木幹夫『渡し場にしゃがむ女―詩人西脇順三郎の魅力』**（ミッドナイト・プレス）……見つかった、永遠と詩が！
❷**長谷川郁夫『吉田健一』**（新潮社）……酒と煙草と言葉とサムライ。
❸**小澤勝美『透谷・漱石と近代日本文学』**（論創社）……紅顔の漱石青年の魂に学ぶ。

◎**10・5掲載**▼腕時計壊れる。目覚し時計も壊れる。この共時性に悩む秋の夜長。◎10・7▼青色発光ダイオード開発で、赤﨑勇、天野浩、中村修二にノーベル物理学賞。

人間性の深い謎に迫る

パトリック・モディアノ／ル・クレジオ／秋山駿

自分が分からぬ。時に突拍子もないことをしでかす。「俺って、こんな俺だったっけ?」という不可思議。まして他者は……。これを追うのもまた文学の仕事なのだが、ただ、人は謎である、という命題のまま都合よく放り出すわけにはいかない。

人の抱える謎を謎のまま空白にして提示、想像させるやり方は「そうそう、私も」と、読者に読者自身の心の空白を満足させるトリックで、共感を得ることは間違いないだろう。だが、その謎の核に、限界まで迫る描線のあり方が文学の勝負なのだ、と思う。

今回のノーベル文学賞受賞の**パトリック・モディアノ**。抑制の効いたシンプルな筆致で日常の謎を描くミニマリズムの鬼才だが、さすがに凡百の「空白」とは奥行が違う。

❶**『失われた時のカフェで』**。カフェ・ル・コンデに現れたルキという謎の女性をめ

ぐって、四人の人物がそれぞれ語る物語。記憶、時間、慈しみ、喪失、あの場所……。語りの描線が交差し、迂回し、重なり、貫き、すれ違う様の見事さは、歯噛みするほどだが、同時に胸を締めつけられるような甘美な切なさに気が遠くなりそうになる。作家である訳者、平中悠一氏の美しい解説が、また秀逸。

ノーベル賞作家の作品で好きなものといえば、われらが川端康成をはじめ、あまたあるが、異色中の異色、かつ、ノーベルの発明したダイナマイトより凄い！　と思うのが、❷**ル・クレジオ『物質的恍惚』**。もうタイトルからして、変である。「ぼくが望んだのは、生以前の虚無と以後の虚無を内包しているような書物を創り上げること」というル・クレジオ。言語の彼方、意識の彼方へと思考し、かつ思考をほどき、言語以前の世界を言語で描出しようとしたのである。「世界」の実相に立ち合い、恍惚とするのも、また人の謎である。

その不可解ともいえる謎に、命懸けの描線を用いて迫った大文豪といえば、ドストエフスキー。金貸しの老女殺しを決行した青年が主人公の『罪と罰』を、一行一行緻密に読み、究極の文学の原理を抉《えぐ》り出した❸**秋山駿『神経と夢想―私の「罪と罰」』**に度胆を抜かれる。人間性の深く暗い秘密を底の底まで明らかにしようとするのも文学だが、同時にその秘密をより深く暗く、さらなる秘密になることを希求するのもまた文学であり、人間である。文学と犯罪の近似から、本物の「謎」が浮かび上がるのだ。

❶パトリック・モディアノ『失われた時のカフェで』(平中悠一訳、作品社)……いつか、僕もそこにいたよ……。
❷ル・クレジオ『物質的恍惚』(豊崎光一訳、岩波文庫)……私に私があることからの超脱。
❸秋山駿『神経と夢想—私の『罪と罰』』(講談社)……地下室に隠された文学秘伝書。

◎11・2掲載▼夕日のさして、頭の端《は》いと薄うなりたるに。われの背後に立つでない。◎11・16▼沖縄知事選で翁長雄志が初当選。同18日安倍首相、消費税増税延期と衆院解散を表明。

手のひらに馴染む哲学

和辻哲郎／若松英輔／西谷修

大義なく、大儀なことである。連日のニュース映像に展開される政治家の言葉、まるで生きていない。彼には、あるいは彼らには、心の隣人というものがいないのか。我々大衆が一切存在しない。怠惰な私でも選挙には行くだろうが、その前に憂さ晴らし。仕事がてら、「そうだ、京都行こう」の初冬となった。

事前勉強で久しぶりに❶**和辻哲郎『古寺巡礼』**を繰れば……。嗚呼《ああ》！ 新鮮、ディープ、崇高。京都・奈良の寺、仏像、仏画をめぐる言葉のすべてが、温度を持って生きているのだ。たとえば、初めて訪れた浄瑠璃寺の小さな塔と堂を見て、「心を潤すような愛らしさが、すべての物の上に一面に漂っている」のを感じ、「初めてだという気がしなかった」という。

なぜ？　古人の抱いた桃源の夢想を自分たち現代人とは縁のないものと思っていたが、かつて自らも桃源に住んでいたと気づいたのだ。つまり、子供であったことを発見するのである。「人間生活を宗教的とか、知的とか、道徳的とかいうふうに截然《せつぜん》と区別してしまうことは正しくない」と考える哲学者の言葉は、じつに感受性に富み、いわゆる「哲学」を超える。我々の指紋にしっくり、しっとり馴染むのだ。

この書を「美の姿をした叡智に向けられた彼の哲学的信仰の記録」と読んだのが、❷**若松英輔『生きる哲学』**。和辻、須賀敦子、孔子、原民喜、フランクル、井筒俊彦などを通し、ほんものの思索とは何かを探った、美しく深度のある書物。言葉以前の「コトバ」という世界の実相の次元から、様々な形で表現してきた先人、死者たち、あるいは無名の人々の、声なき声までを真摯にすくい取った魂の考察でもある。「哲学とは語られることではなく、生きること」によって証されるのだ。

9・11、3・11以後の現在において、もう一冊必読の書を挙げると、❸**西谷修『破局のプリズム―再生のヴィジョンのために』**。科学が産業化され市場経済を動かすことになったシステムの宿業、つまりは破局的性格と限界が露わになった今、「未来」をどう捉え直すかを問うた。「臨界」を超えてしまった現在には、超越的な「哲学」などよりも、人が生きる地べたからの「世俗哲学」が必要なのだ。

格差の拡大、いじめ、子殺し、世界戦争……破局の諸相を見極めながら、現在の中にすでに嵌入《かんにゅう》している未来を考える。生きた哲学が、ここにもある。

我々のこと。

❸**西谷修『破局のプリズム―再生のヴィジョンのために』**（ぷねうま舎）……未来は今、ここ、

❷**若松英輔『生きる哲学』**（文春新書）……この魂震える書物を生きよ。

❶**和辻哲郎『古寺巡礼』**（岩波文庫）……素朴な手触りなのに超・深遠。

◎12・7掲載▼夢？　宝くじ7億円。元へ。すべての子供たちが幸せでいること。これ、本気。◎12・14

▼衆院選で与党圧勝。

2 0 1 5 年

世界の実相を眼で歌う

尾崎左永子／リルケ／浜田到

寒い。寒い。

地元鎌倉の夜の路地を急ぐ足取り、行き先は小料理屋である。年季の入った戸をガラリと開ければ、「ややっ?」。渋いカウンター席の奥に凜とした姿。もうオーラが違う。ご高齢にもかかわらず、いつも美しく、品と粋と色気。沼空賞の歌人でもあり、『星座―歌とことば』主筆の**尾崎左永子**《さえこ》先生である。

「あら、お一人? こちらへどうぞ」

隣の席をすすめてくださるのだが、とにかく私が尾崎先生を前にすると緊張はなはだしいのである。一言も喋れなくなり、「はい」「いえ」「そうです」と、もうどうにもならない阿呆と化す。それでも、お酒を静かにつぎながら、古典の深さ、歌の面白さを丁寧に教えて下さるのだ。泥酔し、三十年も先輩の文学者に「先生、好きです」と告白しそうなので、すぐにも失礼する始末。

そして、憧れの先生の❶**『佐太郎秀歌私見』**を読み、さらに背筋が伸びる。斎藤茂吉に師事し、アララギ派の写実主義を継承しながら純粋短歌論を創出した佐藤佐太郎。その歌人の初期の門下となった著者が、師の詩精神の精髄を綴った書である。どの頁を繰っても、豊かな芸術論が具体的な歌とともに紹介され、その文章がまた清澄かつパッションに満ちているのだ。まさに佐太郎のいう「詩は火に於ける炎、空に於ける風」。「観る」とは、実相に入り込み、自然・自己一元の生を体得するものなのである。その眼で歌うのが純粋短歌だ。

「長浜のところどころに波高き故里に来て心さびしゑ」
「冬山の青岸渡寺の庭にいでて風にかたむく那智の滝みゆ」

この佐太郎の二首だけで、私はひっくり返りそうになり、負けた、と思う。「ところどころに」「風にかたむく」というフレーズは、主客合一か丹田で達人的呼吸をしていないと出てこない。

この美しい書物を通して想起するのが、ドイツの詩人**リルケ**である。彼は空気の粒子にはある重大な秘密が隠されているといった。『リルケ詩集』にしろ、**❷『マルテの手記』**にしろ、彼の眼もまた純粋的観察による世界の微分がある。世界の実相を写すことへの徹底。これが芸術というものだ。

リルケをこよなく愛した歌人**浜田到**の**❸『浜田到歌集』**も忘れてはならない。「甜《ねぶ》りあふ栗鼠《りす》の傷口　風のなかの蝶の重心　森にて森のもの光るかな」。この一首だけでも、天地がひっくり返る。ただ驚嘆。

❶尾崎左永子『佐太郎秀歌私見』（角川学芸出版）……風景が一変する詩精神の凄さ。
❷リルケ『マルテの手記』（松永美穂訳、光文社古典新訳文庫）……芸術への苦悩が青年を磨く。
❸『浜田到歌集』（国文社現代歌人文庫）……天才歌人の言葉に絶句悶絶。

◎2・1掲載▼牡蠣にアタり、七転八倒のままテレビ収録。「いつもより良い」との友の評。◎1・7▼パリで同時多発テロ事件。同24日、イスラム過激派による日本人拘束事件発生。

蔵の中浸る淫靡な世界

新保博久・山前譲／横溝正史／谷崎潤一郎

探偵小説の雄、江戸川乱歩も没後五十年になるのか。デジタル図書館「青空文庫」でその傑作群を読もうと思う方々も多かろう。だが、乱歩は活字の方がいい。古本屋の店頭に置かれたワゴンの中、「一冊百円」の文庫本で良いから、黴臭く薄茶けた頁を繰ってこそ、あの闇とエロスと淫靡かつ甘美なる死がほくそ笑む。明智探偵モノはもちろん、押し絵の中の女性に恋する男を描いた「押絵と旅する男」や、天井裏で息を潜めて毒殺を企む「屋根裏の散歩者」等々の発想……この悦ばしき変態指数の高い作品群はどうやって生まれたのか。是非とも乱歩先生の書庫を覗いてみたくなるではないか。

乱歩ファンにはこれ以上ないと思われる垂涎《すいぜん》の書が、**新保博久・山前譲**編著❶『**幻影の蔵**』だ。副題に「**江戸川乱歩探偵小説蔵書目録**」。ミステリー評論の草分けのお二人も、乱歩先生に匹敵するマニアックさで、その収集と乱歩文学解説の密度たるや眩暈がするほどだ。中でも付属のCD-ROM「①江戸川乱歩邸書庫探索ソフト②江戸川乱歩蔵書データベース」に、悦楽の動悸がおさまらない。現れた乱歩邸の写真にカーソルを合わせていくと、ほの暗き光と矢印。導かれるままにいけば、実際の乱歩邸書庫の蔵の中へと迷い込めるのだ。ああ！　江戸末期の草双紙《くさぞうし》までどっさり。

「乱歩先生……迷宮へと誘う媚薬の調合の仕方を教えてもらえませんか」と、その蔵の中で聞いたかどうか、「新青年」編集長だった**横溝正史**。実際に❷**『蔵の中・鬼火』**という傑作を書いている。乱歩との出会いで編集部に入った横溝は、のちに金田一耕助を生むミステリーの重鎮ともなったが、初期の頃の秘密めいた陰翳の美学も秀逸。

こちらの「蔵の中」は、そこに住む結核を患う美少女と、その弟との背徳遊戯。散らばる錦絵、能面、絵草紙、紅と白粉《おしろい》……。人に声をかけられたら、ハッと本を隠したくなるほどの危なさなのである。

さて、この二人の大作家に多大なる影響を与えたといえば、やはり没後五十年の**谷崎潤一郎**だろう。❸**『刺青《しせい》・秘密』**を読めば一目瞭然。特に初期の悪魔主義的作品群は、頽廃美とエロス、タナトスが行間から立ちのぼり、クラクラと媚薬が効いてくる。「文学」を陰翳の中に求めていく筆致は、創作法というよりも嗜癖《しへき》と呼びたくなる。だからいいのだ、大谷崎。

世間は春めいてきたが、独り、蔵の中。禁断の陽炎《かげろう》に酔いしれる。

❶**神保博久・山前譲編著『幻影の蔵―江戸川乱歩探偵小説蔵書目録』**（東京書籍）……装幀だけでもゾクゾク惑溺。
❷**横溝正史『蔵の中・鬼火』**（角川文庫）……押し入れの中で秘かに読むか。
❸**谷崎潤一郎『刺青・秘密』**（新潮文庫）……頽廃文学、永遠のバイブル。

◎3・1掲載▼前代未聞の剣道小説『武曲』が文春文庫に！「こんな小説、三島由紀夫にも書けない」と著者の私。◎3・14▼北陸新幹線、長野〜金沢間開業。

愚かで愛しい人の営み

古沢和宏／都築響一／ポール・オースター

数年前、作家の故丸谷才一先生に、タンゴの革命家ピアソラについての本をお借りしたことがある。郵送されてきた本をいそいそと開けていたら、6Bの短い鉛筆が挟まっていた。「おー！　先生はこのちびた鉛筆でマークしてらしたか！」と興奮。見れば、重要なパラグラフの上（ページの上の余白）に、太い横線が引いてあるだけなのだ。サイドラインではない。博覧強記の作家はこういうやり方をしているのか、とその洗練された痕跡に唸った。

十人十色。さまざまなチェック、マークの仕方があるだろう。中には余白を自らの文章で埋める人もいるだろうし、サイドラインを引きすぎて全文重要という奇書になり果てることもあろう。

❶古沢和宏『痕跡本のすすめ』が、じつにじつに面白い。古書業の著者が遭遇した痕跡本の数々。前の持ち主が残したメモやチェック、挟み込んだチラシなど、人間の嗜癖《しへき》の百花繚乱に崇高ささえ覚えてしまうのだ。

詩人西脇順三郎の『詩と評論』の余白に、「ある日、植物化する少年」との詩的フレーズとシュールとしか思えぬ絵の落書き。「彷書月刊」特集号『追悼・司馬遼太郎』の頁上に、唐突に書かれた「負けたくない」の小さな文字。あるいは、「龍馬はアトランティスの出かも知れないと思う」と、どうにも抑えることのできない持論が顔を出したり、未使用の受験票が挟まっていたり……。頁を繰っているだけで、人間が好きになる。

かような珍事コレクションといえば、❷都築響一『夜露死苦《よろしく》現代詩』。「仏恥義理」「愛羅武勇」なる暴走族の特攻服刺繍の文字から、老人がいきなり発した「人生八王子」というフレーズまで、奇々怪々かつリアルな言葉を蒐集《しゅうしゅう》。「何コレ!」と驚きながら、ニッポンの現実と深層に戦慄さえするのである。

❸ポール・オースター編『ナショナル・ストーリー・プロジェクト①』は、米国の深層。作家オースターが全米の一般市民から実話のみを募って編集した百八十篇をおさめる。奇跡、偶然、死とのニアミス、爆笑もののヘマ、悲しみ、予兆、夢……。ただただ人の集ま

りだからこそ感動。善悪正邪老若男女、人間、愚かで良いのである。愚かだからこそ愛おしいのだ。

ちなみに、丸谷先生にピアソラ本はお返ししたが、鉛筆は私の宝物に。「愚か者めが」と天上からお声がするが、マークの仕方だけは会得しました。

❶古沢和宏『痕跡本のすすめ』（太田出版）……高尚なる落書は親友の如《ごと》し。

❷都築響一『夜露死苦現代詩』（ちくま文庫）……これが本当の言葉だ、人間だ。

❸ポール・オースター編『ナショナル・ストーリー・プロジェクト①』（柴田元幸ほか訳、新潮文庫）……短篇小説より面白いわ、実際。

◎**4・5掲載**▼花粉症、風邪、鬱、老眼、二日酔い。新年度恐怖症を相殺するための処方とはならず。◎4・17▼自民党情報通信戦略調査会がＮＨＫとテレビ朝日の幹部を呼び、番組内容について聴取。

写真が暴く人生の秘密

荒木経惟／藤原新也／森山大道

美形？　イケメン？　何だ、それ。多少の嫉妬もこめて、そんなもんちっとも面白くない。ジャーナリストの故・大宅壮一の「男の顔は履歴書である」は超有名な言葉であるが、美形の男など白い履歴書、シワすらない。

「男の裸は顔だ」との名言は、われらが天才アラーキー、写真家の**荒木経惟**《のぶよし》氏である。なるほど、だぶついているか、筋骨隆々か、傷だらけか、毛深いか……。むろん生きざまのメタファーとしてであるが、それを顔が隠す。表情が秘密を織り込む。そして、何かの拍子にふと覗く。

❶**荒木経惟『男―アラーキーの裸ノ顔』**は、俳優、スポーツ選手、作家、ミュージシャン等々、男二百人が表情の奥に隠しこんだ秘密を掘り出した写真集。この男とは喧嘩しそ

うだ、この男とははしご酒だ、と睨んだり、唸ったりしていたら、なんとも鬱屈した顔が……。

あ、俺だ。そう、芥川賞をいただいた数日後に荒木さんが撮ってくださった。その後、真夏の夜の新宿へ。荒木さん、ストリートミュージシャンにいきなり声をかけ、「周ちゃんに、受賞のプレゼントだ！」と、歌舞伎町のど真ん中で、アドリブの伴奏とともに、渋味ある「サマータイム」を歌ってくれた。一生の思い出、一生の宝。秘密も盗まれたが、魂まで持っていかれたのである。

「ちょっとそこのあんた、顔がないですよ」と、ドキリとさせるフレーズで始まるのが、**❷藤原新也『メメント・モリ』**。本コーナー再登場の、言わずと知れたロングセラー。いや、むしろ、魂を突き刺す写真と啓示的フレーズは、今だからこそさらに響くといえる。

たとえば、ガンジス河の岸に野ざらしになった遺体と、それに食らいついている二匹の野犬。そして、その写真とともに添えられた言葉は、「ニンゲンは犬に食われるほど自由だ」。我々の価値観や常識を世界の底から凝視し直して、本物の世界とは何か、人間とは、幸福とは、と徹底的に迫った書物は、こちらの腸《はらわた》を震わせつつ、真に生きることの意味を鍛えてくれるのだ。

アラーキーの盟友・**森山大道**氏の写真集❸『**新宿**』も絶対に手放せない。タールのようなモノトーンで撮られた新宿のリアルにのたうちまわりたくなる。底光りする猥雑、手に負えぬほどの欲望、路上に発酵する狂気……。人々はもちろんだが、事物の細部からも、その街にしか生まれない「顔」を撮る。「裸」を撮る。

そして、人間がとことん好きになる。

❶荒木経惟『男―アラーキーの裸ノ顔』（KADOKAWA）……人相というより、魂の相。

❷藤原新也『メメント・モリ』（三五館）……「死を想え」＝生を逆照射。

❸森山大道『新宿』（月曜社）……街の体液というものもある。

◎5・3**掲載**▼新刊『界《かい》』（文藝春秋）。大人にしか読めない連作短篇集。R30指定、との噂。背伸び、可。

◎5・17▼「大阪都構想」の賛否を問う住民投票で、都構想否決される。

思考が風景を変える

武田砂鉄／西部邁／大江健三郎・古井由吉

シーズンの行楽地が苦手。行列に並ぶのなら、違う店。ベストセラー小説を面白いと思ったことが一度もない。という、なんともネガティブな話だが、私のことである。「だから、あんたは駄目なんだ」といわれて半世紀以上。ヘソ曲がりにも言い分はあって、要は同調圧力的なものに、「うん？」となる。それは本当に面白いのか？　それは本当に「いいね！」なのか？　と。

ましてネット社会は、死の商人ならぬ「痴」の商人が跋扈《ばっこ》し、いつのまにかこちらの消費行動まで誘導されて、しまいには思索や感性まで抜き取られてしまう。「検索」も便利は便利に違いないが、そこで安心してしまう自分になったら、終わりだろう。

と思っていたら、❶**武田砂鉄『紋切型社会──言葉で固まる現代を解きほぐす』**。「乙武君」はなぜ「君」づけで呼ばれるのか、「ニッポンには夢の力が必要だ」のカタカナ「ニッポン」とは何か。「全米が泣いた」なる絶賛の言語学とは？　などなど日常当たり前に流布しているフレーズを解剖して、麻痺してしまった脳ミソに、「思考」という清冽《せいれつ》かつ凄烈《せいれつ》な刺激を与えてくれる。特に若い読者の方々、この日常の中で考えることの秘訣を手に入れるなら、これだ。風景が変わる。世界が変わる。必読。

私的体験を軸にしながら、思想、政治、社会、経済、文化をめぐる分析知と総合知を緻密にめぐらせ、この現実で生きることと考えることを問い続けるのが、**❷西部邁《すすむ》『生と死、その非凡なる平凡』**。圧倒的な考量で、真に考えるとは何かを提示し続ける著者の文章は、新しい文学でもあり、本物の哲学でもあり、清新な思想でもあり、滋味深い随筆でもあり……と、読むそばから何かが生成していく、見たこともないジャンルともいえる。「合理主義という名の虚無」から「『みんな死んでしまった』」まで、いずれの文章も唸らずにいられない。そして、やめられない。こんなにも思考することが、生活の細部にまで届き、かつ崇高なのかと思い知らされるのだ。

成熟と情熱はここにも。**❸大江健三郎・古井由吉『文学の淵《ふち》を渡る』**は、現代日本文学の双璧が縦横に文学を語り合った対談集。カオスを渡りながら書き続け、そこに一つの

「音律」を創出することの凄絶な深みに圧倒される。一つ一つの言葉が、現在と世界の始まりを共振させ、未聴の響きが全章にたなびくかのようだ。

再読、熟読。言葉開いて世界起《た》つ。

❶武田砂鉄『紋切型社会—言葉で固まる現代を解きほぐす』（朝日出版社）……言葉を覆す、爽快なる自由。
❷西部邁『生と死、その非凡なる平凡』（新潮社）……真理は実生活の細部にあった。
❸大江健三郎・古井由吉『文学の淵を渡る』（新潮社）……深淵に耳を澄ますことが響き。

◎6・7掲載▼故郷への激しき往復。老親介護で腰痛往生。親不孝への因果応報か。◎6・17▼選挙権年齢を18歳以上に引き下げる公職選挙法改正案が成立。

古典が教える人間の業

川村湊／小林秀雄／秋山駿

あり、をり、はべり、いまそかり。文法で引っかかり、古典音痴になったのは四十年前。なんともったいないことであるよ。古典の方が響く歳になったのである。というよりも、むしろ現在なるものを考える時に、とてつもないヒントを与えてくれるのが古典といえる。現代ならではの猟奇犯罪、ネットや電話での詐欺、あるいは、利益優先の企業と政府の不実な対応……。こんなものはすでに古典に書かれているのだ。人間の欲動のありかたの核やバリエーションとしてである。

男の「感性は、本来的にこうした無秩序の〈闇〉を孕んでいた。それは『もの』が無限の変容を繰りかえし、感性に『くひつ』いてくるという場所である。彼が立っていたのは、こうした〈闇〉にさらされた『不信』の場所にほかならなかった」。

この「彼」とは、理由なき殺人者のことか？　否。中世の歌人・随筆作者である吉田兼好法師のことである。❶『**川村湊自撰集① 古典・近世文学編**』は、兼好はじめ上田秋成、鶴屋南北、曲亭馬琴などなど、古典をディープに読み解きながら、作者たちの魂の襞にまで入り込んで、現代にまで通じる人間の業を焙《あぶ》り出していくのだ。もはや兼好法師が目の前にいて、「異様《ことよう》」なる体臭を放ち、虚無の底でうめき、もがく姿が見えるようだ。まさに古典は現代にこそ生きている。

古典を愛した文芸評論家といえば、**小林秀雄**。「美しい花がある、花の美しさというようなものはない」と世阿弥を論じた名フレーズは、観念的な「花の美しさ」ではなく、直接的に経験される「美しい花」の真景こそが、世阿弥の能なのだということである。さらに、❷『**小林秀雄全作品⑬ 歴史と文学**』所収の講演録「文学と自分」には、「作品とは芸術家が心を虚しくして自然を受け納れるその受け納れ方の極印であると言ふことができる」とある。これは現代の表現者こそが考えねばならぬもの。ことあるごとに自分も嚙みしめる文章だ。

この知的巨匠の対話集を読み、「潔い、男らしい声」を聴き取ったのが、❸**秋山駿**『**沈黙を聴く**』。あるいは、「生きた声」とも。観念からの声ではなく、自らの心を明らかにし、相手の心を明らかにする声、ということである。自己から発して自己に還る自由。故秋山が遺した単行本未収録のエッセー群は、小林秀雄同様、生の円熟のあり方を魂の奥深くまで教えてくれる。

❶『川村湊自撰集① 古典・近代文学編』（作品社）……瞠目の領域、続々。次巻鶴首《かくしゅ》。
❷『小林秀雄全作品⑬ 歴史と文学』（新潮社）……魂の急所を学ぶにはこの一冊。
❸秋山駿『沈黙を聞く』（長谷川郁夫編、幻戯書房）……震える。響く。生の核心の声。

◎7・5掲載▼佐渡へ蠟燭《ろうそく》能を見に。72歳で配流された世阿弥翁の心が仄浮かぶ一夜。至福なり。◎7・20▼アメリカとキューバが54年ぶりに国交回復。

理系脳を刺激してみる

本屋図鑑編集部／ジャン＝アンリ・ファーブル／養老孟司

　子供たちは夏休みか。いいなあ。水中メガネのゴムのにおい、目の醒めるような星座表の青色、絵日記に描かれるカブトムシとスイカ……。いっぱい遊べ。そして、いっぱい好きなことを見つけてほしいと心から願う。

　この私も若い頃、コピーライター糸井重里氏が夏の文庫特集のために作った名コピー「想像力と数百円」にガツンとやられ、町の本屋さんに駆け込んだものだ。今や、大型書店や新古書店に押されて、町のいい本屋が少なくなってきたが、いやいやどうして頑張っているところがあるのだ。
❶本屋図鑑編集部編『本屋会議』は、本を愛し、読者を愛し、そして書物という文化の広がりに情熱をかける、町の名物本屋の数々を取材。今だからこそ、「町には本屋さんが

必要」であることの意味を楽しく教えてくれるのだ。一番、本が必要な時期である子供たちのために、いかに良いものを届けるかの工夫から、POS（販売時点情報管理）システムに頼り、売り上げを伸ばすためだけの品ぞろえの不幸と貧困まで、つまりは一冊の本の扱いを通しながら、日本の文化のあり方のツボを示してくれる。子供たちが目をキラキラさせて、つま先立ちで書棚に手を伸ばす姿。ワクワクするではないか。本当の文化はここから始まる。

私が最初に町の本屋さんで買った本は児童版の『ファーブル昆虫記』だ。今読んでも❷**ジャン＝アンリ・ファーブル『完訳 ファーブル昆虫記』**は、虫への愛に裏打ちされた観察力の緻密さと強度に陶然とする。たとえば、地面に穴が空いている。何かの虫の穴だろう。そこで終わるのが凡人の私。だが、ファーブルは、その虫が掘った分の土はどこにいったのだろう、と推理、観察していく。この理系の書物が文系の作家達に愛され続けてきた理由も首肯。観察の妙を教えてくれるのだ。

ゴリゴリ文系の作家である自分、じつは数学好きだったのである。というか、理系的発想の方になじみがあったのであるが、ひょんなことから作家になってしまった。❸**養老孟司『文系の壁──理系の対話で人間社会をとらえ直す』**は、文系人間の意識外にあるような概念を、理系の知性四人と語り合ったもの。いやはや人間というのは理系にしろ文系にしろ、クレージーかつ天才であるな、と。脳の仕組みから政治経済を考え、他者の認識を実体験する技術で、人間の認知を進化させる、等々。短い夏休みに少しは理系脳を刺激しようか。

❶本屋図鑑編集部編『本屋会議』（夏葉社）……昔懐かしの本屋さんの写真も。

❷『完訳　ファーブル昆虫記』（全十巻＝各巻㊤㊦で刊行中、奥本大三郎訳、集英社）……ワサワサ、モゾモゾ、脳の音。

❸養老孟司『文系の壁―理系の対話で人間社会をとらえ直す』（PHP新書）……つまり理系の壁も見えてくる。

◎8・2掲載▼暑い。だからこそ剣道猛稽古。という夢を見たが、五十肩で素振りもできず。**◎8・11▼**九州電力川内原発1号機再稼働で「原発ゼロ」終わる。

時代小説　頭の落ちる音が聞こえてくる

高岡修／加藤廣／木下昌輝

拙者、時にひたぶる時代小説を読みとうなる。いかにして、かような想いが頭をもたげるのか解せぬもののの、血の道に、やはり日ノ本の、もののふに通ずる魂がふるえるのであろうか。

戯言《たわごと》はよしとして、ふと秋風のひとすじふたすじ。芒《すすき》の原に虚無僧の吹く、枯れ寂びた竹の音が聴こゆる心地ぞするが、はて……。

❶**高岡修『虚無のみる夢　新虚無僧伝』**。おお、この著者、知る人ぞ知る天才俳人。「春山へ斧の動悸を持ってゆく」「部屋に鍵かけて未遂の滝となる」などアヴァンギャルドな句に、三千世界が転倒するかのごとき驚きに見舞われたものである。その俳人が小説、しかも時代小説を書いた。

越後は明暗寺なる実在した古刹《こさつ》が舞台。虚無僧の寺である。半武半僧。坐禅を組み、経をあげるよりも、ひたすら尺八を吹く。つまり、吹禅こそが基本の修行となる、世界の宗教史上でも類を見ない普化宗の法。悟りへの道程で見える、別次元の賽の河原をゆく主人公とともに、生きるとは何か、実存とは何かを問う、哲学時代小説でもある。いやはや畏れ入る傑作。

さて、吹禅もあれば、茶禅もある。侘び茶を大成した巨匠・千利休の死の謎に迫った❷**加藤廣《ひろし》『利休の闇』**が、いぶし銀の趣。宗匠の心の闇に底光りするのは、一人の茶人の滾《たぎ》るような熱と意志である。秀吉に切腹を言い渡された理由に、さまざまな説があるが、『山上宗二記』『今井宗久茶湯書抜』など厖大な史料を読みこんだ加藤説は、じつにリアル。人間利休の息遣いがある。辞世の言葉「人生七十　力囲希咄《りきいきとつ》　我が這《こ》の宝剣　祖仏共に殺す」がどこから発せられたか、得心する想い。頓首礼拝せし傑作。

さすれば、これを外すわけにはまいらぬ。❸**木下昌輝『宇喜多の捨て嫁』**。生死の瀬戸際の「無想の抜刀術」、その技で母までも殺《あや》めたか、宇喜多直家。業であろうか、血膿爛《ちうみただ》れる病に伏せながら、自らの娘らを戦のために捨て駒にする非情。残酷、冷徹、地獄、狂気……それぞれの連作短篇の底にあるモチーフの強さとともに、筆致が恐ろしいほどの迫力。

「自分でも信じられぬほど大きな声を出したのは、未練を断ち切るためだった。太刀の重みに腕を委ねるように、振り落とす。ドスンと音がして頸が床に落ち、転がる」。

戦国時代、さもありなん。武士の頸の落ちる音が聞こえてくる。頓首する余裕なき大傑作。

❶高岡修『虚無のみる夢　新虚無僧伝』（ジャプラン）……形而上的尺八の音色はいかに。

❷加藤廣『利休の闇』（文藝春秋）……黒楽茶碗の底にも血だまり。

❸木下昌輝『宇喜多の捨て嫁』（文藝春秋）……陰惨の手練手管、戦の宿命。

◎9・6掲載▼夏の疲れ？　いえいえ、まだ春の疲れを引きずるうち、風立ちぬ。◎9・19▼集団的自衛権の限定的な行使を可能にする安全保障関連法が成立。

ずさんな社会との闘い

黒川祥子／中沢けい／羽田圭介

恣意的な解釈。そして、強行採決。一体、この国はどうなっているのであろう。国民の声などまったく無視する神経が、「早く質問しろよ」と発する時、その胸中は当然、「どうせ、聞かねえから」だ。腹立ち紛れに言い過ぎにもなるが、安保、原発、日本型軽減税率、子宮頸がんワクチン、高齢化社会問題、年金……すべてにそのずさんな神経の根が張って、グロテスクな深謀のからまりに血圧が上がるのだ。

❶黒川祥子『子宮頸がんワクチン、副反応と闘う少女とその母たち』は、少女たちの未来が犠牲になる、この社会の病巣を抉り出した出色のノンフィクション。自治体や学校からワクチン接種の案内通知を受ければ、「可愛い娘が子宮頸がんにならないように」と受けさせようとするのが親。ところが接種後、激痛での不随意運動、記憶障害、視力障害と、

のた打ち回るような地獄を生きねばならぬ少女たちがいるのだ。

被害少女六人と母、医師、薬害を追うジャーナリスト、推進派、ワクチンの現状など多角的な取材で浮上してくるのは、このずさんな社会の有様である。

ちなみに厚生労働省配布「子宮頸がん予防ワクチンの接種を受ける皆さまへ」というチラシ……。一番下に小さな文字でこう記されている。「子宮頸がん予防ワクチンは新しいワクチンのため、子宮頸がんそのものを予防する効果はまだ証明されていません」

このブレーキなき社会はどこまで落ちていくのか。**❷中沢けい『アンチヘイト・ダイアローグ』**は、強行採決と同期するようなヘイトスピーチの現状、つまりは政治と社会の問題を、作家中島京子、平野啓一郎、星野智幸をはじめ、政治思想の中野晃一、人種差別問題に取り組む泥憲和まで、八人との対話で根底から考えていく刺激的な書。民主主義とは何か。対話とは何か。今こそ始めなければならない。そして、絶対的他者とさえ、共に考えていく勇気を与えてくれる希望の対談集だ。

話題の第百五十三回芥川賞受賞作、**❸羽田圭介『スクラップ・アンド・ビルド』**も、「じいちゃんなんか、早う死んだらよか」が口癖の祖父と無職の青年の生活をユーモラスに描きながら、世界の深部に届く考察が鈍色《にびいろ》に光る。そして、分かりえぬ絶対的他者と共闘して、この理不尽な時代と世界に挑むヒントが込められているのだ。逆説につぐ逆説の巧みさとカタルシスに、拍手！

❶黒川祥子『子宮頸がんワクチン、副反応と闘う少女とその母たち』（集英社）……国よ、その悲痛を直視せよ！

❷中沢けい『アンチヘイト・ダイアローグ』（人文書院）……対話。言葉。共有。希望。

❸羽田圭介『スクラップ・アンド・ビルド』（文藝春秋）……爺ちゃんはカフカかも知れん。

◎10・4掲載▼「感傷」を昔日の人は「秋の心」と。独酌の盃、乾くことなし。◎10・5▼マイナンバー制度始まる。同日、環太平洋経済連携協定（ＴＰＰ）大筋合意。同日、大村智がノーベル生理学・医学賞、同6日、梶田隆章がノーベル物理学賞を受賞。

人の中の悪を凝視する

姜尚中／親鸞／鈴木大拙

はびこる悪。のさばる悪。新聞をにぎわす悪による事件の数々は、人の欲望のバリエーションを嫌というほど見せてくれるが、この悪、善と同様、定義が難しいのである。もっとも、殺人、テロ、暴力、放火、誘拐、着服、詐欺、隠蔽等々、すでに事象として現れた悪は、もうどうにもならぬ。罰を受けて然り。むしろ、未遂として抱え込んでいる「悪」に関心が向く。つまりは自分自身の悪に、である。

「自分が世界の一部であると思うことができないという、自我と世界とのミゾ」の中に、悪が宿るのだ、と論じた❶姜尚中《カンサンジュン》『悪の力』。川崎市中一男子生徒殺害事件からイスラム国、ルフトハンザ系航空機墜落などの「死の衝動」の核を見すえながら、悪といかに対峙するかを問うた書である。

『ヨブ記』や『カラマーゾフの兄弟』『ファウストゥス博士』などを引用しつつ、「悪の培養器」たる資本主義の現在をどう乗り越えていくか。そして、夏目漱石がすでにつかんでいた「世間」なるものをヒントに、絶望を乗り越えていく叡智を学ぼうという書である。分かりやすく、かつ深甚。

人の中の悪を凝視するといえば、悪人正機説。**親鸞**の言葉を弟子唯円が編んだ、❷**『歎異抄』**は、現代の世にこそ脈打つ、深遠な言葉に満ちる。

「善人なほもて往生をとぐ、いはんや悪人をや」は有名なフレーズだが、解釈もさまざま。「自我と世界とのミゾ」、つまりは地獄を経巡り、のたうち、苦悩し、孤独であることを徹底的に極めたのち、己を離れ、往生への機縁が開ける、と私などは読むが、親鸞の数々の言葉はいまだ強靭、輝きを放つ。読むたびにガツンとやられるのだ。

徹底して己であることを、漱石は「自己本位」といったが、これは悪か。否。自由、ということである。

海外に禅を広めた❸**鈴木大拙**《よ》**『新編　東洋的な見方』**は、自由をこう定義する。

「自らに在り、自らに由り、自らで考え、自らで行為し、自らで作ることである」と。そして、この「自」には自他などというものはなく、絶対独立の「自」であると。むろん、

「放逸」と混同してはならない。それは自由自主とは正反対の「全くの奴隷性」であるから。

なるほど、真の自由に比べたら、悪など小さい小さい。

❶姜尚中『悪の力』（集英社新書）……反知性主義の現在にこそ必読。
❷親鸞『歎異抄』（金子大栄校注、岩波文庫）……力を持つ言葉、心を映す言葉。
❸鈴木大拙『新編　東洋的な見方』（上田閑照編、岩波文庫）……天上天下唯我独尊の本当の姿。

◎11・1掲載▼出張三昧。見知らぬ駅前の縄のれんで、我が家が徒歩圏内にあると錯誤する日々。◎11・5▼渋谷区・世田谷区で同性カップルを「パートナーシップ証明書」で全国初公認。

教養いらない？　ご冗談

夏目漱石／田村隆一・長薗安浩／古橋信孝

初めそれを聞いた時に、まず噴き出した。直後、同じ日本人として、顔から火が出るほど恥ずかしくなった。文科省の例の方針である。「国立大学改革プラン」――人文科学分野の学部や学科の廃止や転換を通知した件。

グローバル社会や地域に求められる有用性ある人材育成のため、らしいが、これでは最もグローバル的にも恥ずかしい結果となる。文学や社会学、思想、哲学などを知らない若者が世界に出て、どんなことになるか。金儲けはできても、文化・教養の低さに間違いなく信頼失墜。なぜなら教養とは物の考え方の基盤であり、人間性の要であるから。

「ほんとに冗談も休み休み言えよー」と思うのは私だけでなく、**夏目漱石**先生もはるか以前におっしゃっているではないか。❶**『漱石　文明論集』**の中の「愚見数則」――「理想を高くせよ。敢て野心を大ならしめよとは云《い》はず。理想なきもの〻言語動作を見よ、醜陋《しゅうろう》の極なり。理想低き者の挙止容儀を観よ、美なる所なし。理想は見識より出づ、見識は学問より生ず、学問をして人間が上等にならぬ位なら、初から無学で居る方がよし」。

若者たちに向けて語った言葉を、今のお上はいかに感じるか。「即効性が求められる時代に、時間がかかり過ぎる」？　そんなことは当たり前だろう。❷**田村隆一・語り、長薗安浩・文『詩人からの伝言』**は、戦後を代表する詩人・田村隆一の型破りなダンディズムと珠玉の言葉が満載。「自分が実際に経験した辛いこと、痛いこと、面白いことを素直に次の世代に伝えるのが、教養なんだよ」「教養、つまりcultureには『耕す』という意味があるんだ。時間がかかるんだよ」「本当の教養人とは、いろんな訓練をうけたスペシャリストのことなんだ。昔の職人の世界は、その典型だな」。イノベーション、片腹痛し。

作家という文学職人、いや人間職人もいて、だから小説も読まねばならぬ。❸**古橋信孝『文学はなぜ必要か』**は、古事記からSFの伊藤計劃《けいかく》まで、その時代と社会の深層から発酵して生まれた文学の面白さを、絶妙な語り口で教えてくれる。なぜ、夢野久作が日本文学史上のブラックホールといわれる奇書『ドグラ・マグラ』を書いたのか。文学の背景をたどれば、近代主婦の抱えるノイローゼもかかわってくるのだが、さて、利益第一の「有用性ある人材」の方々には分かるかな？　とまれ、必読。

❶『漱石　文明論集』（三好行雄編、岩波文庫）……教養とユーモアは比例する。

❷田村隆一・長薗安治『詩人からの伝言』（MF文庫ダ・ヴィンチ）……まねて梯子酒しても詩は出ず。

❸古橋信孝『文学はなぜ必要か』（笠間書院）……前代未聞の超オモシロ文学史。

◎12・6掲載▼冬枯れ、侘寂《わびさび》、落ち着くのだ。祝・長篇脱稿かねて熱燗続く。◎12・28▼日韓外相会談で、慰安婦問題の「最終的かつ不可逆な解決」で合意。

2016年

取り残される悲しみ

平井美帆／森川方達／若松英輔

昨年の漢字は「安」であったか。二〇一六年となって、もう一カ月。のほほんとしているうちに、ますます不穏な政治の時代へと傾斜していく。ましてや「右ならえ」の猿まねにも似た同調圧力は、国家の狙いそのもの。すべてを平準化（ジェネラル）して動かすやり方は、戦中、戦前と変わらぬではないか。そこで今回は、精神や思考のジェノサイド（大量虐殺）に抗して、見えざる国家陰謀の掌《て》から飛び出した、真に人間を考えるための三冊から紹介。

「私は誰ですか？」という問いの意味。敗戦前後に旧満州から引き揚げることができずに、中国の養父母に育てられた人々を追った❶**平井美帆『中国残留孤児　70年の孤独』**。戦争と国策に翻弄され、何も知らぬまま中国で育った子供たちは、ある日、自分が日本人だと知る。いわば、国に置き去りにされた人々である。一九八〇年代から永住帰国した二千五百人あまりのうち、いまだ身元が分からず肉親を捜し続ける者、千四百人以上。戦後七十年、さまざまな差別を受けながらも生き抜く人々を丹念に追った本書は、戦争とはどういうことか、平和とは何か、を人一人の人生として突きつける。これはあなたの人生でもあり、私の人生でもある。

❷森川方達《ほうたつ》『原子爆弾テロ概言』。この五百五十八頁上下二段の大部の書、もはや絶句するほどの迫力と渾身の筆致で、隠蔽された原爆資料を読み解き、その日米合作の「核隠し」がフクシマの悲劇につながったことを暴いた労作である。顧みられることのなかった千四十九タイトルの原爆資料文献から、政治による言論封じ込めの構造を焙り出し、原発「安全神話」を振りかざす国家の恫喝を明らかにした。原爆の炸裂と原発の制御不能という共通の脅威は、直接の犠牲はむろんのこと、目に見えぬ「汚染の拡散と堆積」でもある。その不可視な事態や隠蔽への策略こそが恐ろしいのである。以後、原子爆弾に関する著作は本書をおいてはありえない。百科全書的な一級資料であると同時に、国家の謀略の実相を描き出した瞠目の書でもある。

そして、気鋭の思想家、**❸若松英輔『悲しみの秘義』**は、魂の声ともいえる筆致で、戦争、死、別れ、の底にあるものを綴った珠玉のエッセイ。

悲しみを通じてしか見えてこないものを掬《すく》い取りながら、人間の真の幸福とは何かを探った、希望と勇気の書でもある。心を整える、深みある言葉の数々に感謝。

❶平井美帆『中国残留孤児　70年の孤独』（集英社インターナショナル）……日本よ、人を捨てるな！
❷森川方達『原子爆弾テロ概言』（現代書館）……日本よ、真実を隠すな！
❸若松英輔『悲しみの秘義』（ナナロク社）……日本よ…、人よ…、魂よ…。

◎2・7掲載▼書いて、書いて、書きまくる。毎年の抱負だが、書いて、書いて、書きまくる。◎2・2▼
元プロ野球選手・清原和博、覚醒剤所持容疑で逮捕。

孤独から出てくる強さ

中森明夫／石原慎太郎／白川密成

独酌と回想。いや、妄想でもあるか。五十代も半ばを過ぎれば、その頻度たるや。仲間たちとワイワイやるのも楽しいが、独り酒して茫洋と自らの中に思いをめぐらせれば、意外にも新しい風景が開けるもの。孤独も寂寥も良き内省の友、といったところか。作家深沢七郎は、その「淋しさ」を「銀座千疋屋のパッション・シャーベットのような味」といい、「淋しいって痛快なんだ」といったらしい。なるほど。

それを教えてくれたのが、❶**中森明夫『寂しさの力』**。アイドルたちの孤独から、著者の御母堂の死までを柔らかな語り口で綴りながら、人間が抱える寂しさを丸ごと肯定し、生きることの深みへと辿《たど》っていく書である。アイドルや深沢はもちろん、モンテーニュ、ツヴァイク、ルソーらの孤独から見えてくるのが、「内面の独立を自分自身のなかに守りぬく」哲学。絶望を味わったことのない者からはまず出てこないものだ。寂しい人間は、やはり優しく、強いのである。著者の筆致にもホロリ。泣ける、というのも痛快なんだ。

❷石原慎太郎『天才』を手にしたのも、孤独の周波数が合ったからか。毀誉褒貶《きよほうへん》激しき政治家田中角栄に憑依して書いた著者、もとは反田中の急先鋒である。それなのに何故？田中角栄という男の中に潜む、切ないほどの孤独と寂しさと意志。政治家以前の人としての覚悟のあり方が、時代を動かす力になった一奇跡を示したのである。貧しさと吃音という絶望の中で、少年は自身の中に何を守り抜くことになったか。一人の男の物語として、まずは読むべし。

「寂しさ」でどうにもならなくなったら、**❸白川密成『空海さんに聞いてみよう。――心がうれしくなる88のことばとアイデア』**が、おすすめ。四国八十八カ所霊場第五十七番札所の栄福寺住職が、空海の「八十八」の言葉を優しく解説し、悩み、迷い、不安、苦しみを、心地よいほどほぐしてくれるのだ。むしろ、苦悩があればあるほど、世界が広がる感触である。

たとえば、「若《も》し心の理趣を覓《もと》むれば、汝が心中に有り、別人の身中に覓むることを用ゐず」（心の理趣＝真理の道を求めるならば、それはあなたの心の中にあり、他人の体の中に求めることは無用である)。このフレーズに関しての分かりやすい解説と、「たとえば何かやってみよう」という実践ヒントまで。

孤独や内省を磨くことで、宇宙や世界がとてつもなく明るくなるのだ。

❶中森明夫『寂しさの力』(新潮新書)……咳をしても一人、の革命。
❷石原慎太郎『天才』(幻冬舎)……諸行無常の裏にも米国の策謀。
❸白川密成『空海さんに聞いてみよう。—心がうれしくなる88のことばとアイデア』(徳間文庫)……心のカイロぬくぬくのびのび。

◎**3・6掲載**▼流行りの大股速歩、汗だくで冬の電車へ。変なオジサン、さらに汗顔。◎**3・26**▼新函館北斗駅開業で、北海道新幹線営業開始。

思考停止にご用心

佐藤健志／吉見俊哉／大岡玲

世のメディアが何やら不倫報道で騒いでおるが、どうでもよろし。ワーワーやるほど密《ひそ》かに報道規制を受けている何かが、着々と進んでいるような気がする。あるいは、視聴者に何かを忘れさせようとしているのではないかと。原発、安保法制、改憲、選挙……。

なんとも被害妄想的な今日この頃の筆者であるが、いや、その不穏な焦り感を明晰に分析してくれた本が、**❶佐藤健志『戦後脱却で、日本は「右傾化」して属国化する』**。自主独立を目指せば目指すほど、日本はアメリカの属国となるというジレンマが、どこから生まれるかを解いてくれた。戦後脱却をめぐる三つの路線、「完全従属型」「絶対平和型」「自主独立型」。いずれも、「〈問題が見えない〉という問題」を抱えており、すべては、気づかぬうちに思考停止に陥らせる全体主義のせいなのだ。

アメリカという関数ばかり使って、日本を効率よく数式化し何処《いずこ》に行く？「政治とは科学にあらず、芸術である」（ビスマルク）の言は、論理では割り切れない側面が多々存在するという意。それを政策芸術に転化して、大衆迎合をたくらむのがこの国である。

周到なる政策数式に騙されないためにも、**❷吉見俊哉『「文系学部廃止」の衝撃』**も読まねばならぬ。昨年六月に文科省が出した「国立大学法人等の組織及び業務全般の見直しについて」後の迷走を軸に、大学教育における理系偏重と文系軽視の問題を抉り出した。短期的な成果を出す「理系的な知」よりも、新たな価値観や世界観を発見、創造する「文系的な知」の重要性を説く。「文系が危ないのではなく、文化が危ないのだ」（鷲田清一）。然り。室井尚『文系学部解体』とともに読みたい。

人間の幸福のための価値観を育む文化は、もちろん子供の頃から必要だ。スマホ？ゲーム？　もっと面白いものもあるでしょ、と**❸大岡玲《あきら》『不屈に生きるための名作文学講義──本と深い仲になってみよう』**。優しく軽妙な語り口で古今東西の名作を紹介し、この不安な時代を生き抜くための術を伝授。コミック『ＯＮＥ　ＰＩＥＣＥ』の古典性や、「超ヘンタイ」の川端康成、谷崎潤一郎、近代の日本語を作った圓朝の落語、ピノキオは裏キリスト……等々、笑いながら読んでいるうち、生きる活力がじわじわと。

これ、大学の授業で使おうかなあ。人間であること、思考すること、想像することが、楽しくなるのだ。

---

❶佐藤健志『戦後脱却で、日本は「右傾化」して属国化する』（徳間書店）……愛国＝属国化の矛盾を衝く。

❷吉見俊哉『「文系学部廃止」の衝撃』（集英社新書）……日本の未来を救う知の宣言。

❸大岡玲『不屈に生きるための名作文学講義──本と深い仲になってみよう』（ベスト新書）……痛快！　真の知恵を手に入れる。

◎4・3掲載▼純文学作家が宮本武蔵を書いた！『武蔵無常』。「これは凄い」と天の声（？）◎4・14、16▼熊本地震発生。

この国の未来を想う

平田オリザ／髙村薫／宇野邦一

「保育園落ちた、日本死ね」と書いた女性のブログに、政府はバタバタとなった。「書いた本人を出せ」という国会での下劣な野次は、世界中に恥をさらしたようなものだ。この国の立法府の品性には呆れるばかりだが、かたや、日本の行く末を想う演劇人は――。

「失業者が映画を観に行ったり、生活保護世帯の方が演劇を楽しんだりすると後ろ指をさされるような社会と、子育て中のお母さんが芝居を楽しむと後ろ指をさされる社会、そして国会での心ないヤジ、さらにはヘイトスピーチまで、それらは奥の深いところでつながっている」

❶**平田オリザ『下り坂をそろそろと下る』**は、演劇を通して地域の自立再生やコミュニケーション教育、学びの広場造りなどを実践している記録であるとともに、「この国のあ

たらしいかたち」を提示するものでもある。

競争と排除の論理から抜け出し、寛容と包摂の時代へ。そのためには、東京標準ではない、地方の独自性を大事にする世界標準の教育と文化が必要なのである。地方の学生や子供たち、住人たちが、演劇などを通して、真の幸福とは何かを摑んでいく姿に、快哉《かいさい》。野次やヘイトスピーチなどに、この国の未来はない。

この国の教育や社会事業、衆生救済をあまねく進めていったカリスマといえば、真言宗開祖空海。**❷髙村薫『空海』**は、平安時代の傑物が、密教僧として曼荼羅世界に没入しつつも、いかに済世利民の事業や国家鎮護の法会を進めていったのかを追ったノンフィクションだ。空海の足跡を辿《たど》りながら、この天才の心に起きた劇的な曲折に入り込んでいく筆力は、著者ならではのもの。

四国室戸岬で若き空海が体感した「谷響《ひびき》を惜しまず、明星来影す」の悟りは、世界生成の兆候とも瞬間ともいえる。それを原点にしながら宇宙大に生き切った不世出の僧の謎に迫った。

「世界と個人を形成する微粒子が出会う場所が少しでも開けるといい」

空海の「三教指帰《さんごうしいき》」(出家宣言の書)ではない。**❸宇野邦一『〈兆候〉の哲学──思想のモ**

チーフ26』。「夜明け」「鉛筆」「女」「誕生」など二十六個のモチーフから、世界が現前し、それを思考し、自己が存在するとは何かを、繊細な感受性で捉えた言葉の数々。いわば未生を言語化する試みである。言葉以前の何かが震えるのを、全身全霊で感知した時、「明星来影す」ともなるのである。

❶平田オリザ『下り坂をそろそろと下る』（講談社現代新書）……日本の血行改善のヒント満載。
❷高村薫『空海』（新潮社）……大師さまは今、そこにいる。
❸宇野邦一『〈兆候〉の哲学―思想のモチーフ26』（青土社）……美しい言葉、美しい書物。

◎**5・1掲載**▼熊本……連日の被害報道に、ただただ沈思。ただただ祈る。◎**5・27**▼オバマ米大統領、広島を訪問。

平和への新しい道筋

柄谷行人／陣野俊史／オーギュスト・ブランキ

広島を訪れたオバマ大統領の姿と演説。米国の現職大統領がその地に初めて立つ意義は世界史レベルの話であろうが、さまざまな想いが交錯する。ただ、あの平和記念公園の風景や被爆者の方々の表情一つ一つが、テレビを通してとはいえ、自分と紛れもなく直結しているのをあらためて感じるのだ。「人間に関することで、私に無関係なことは一つもない」（テレンティウス）のである。

そして、平和への誓いを日本はどうするのか。「（憲法）九条を実行することは、おそらく日本人ができる唯一の普遍的かつ『強力』な行為」。❶**柄谷行人『憲法の無意識』**は、いわゆる護憲的発想の書ではない。むしろ護憲勢力は九条を護ってきたのではなく、九条に護られてきたとも。九条は外部の力（占領軍）によって生まれたがゆえに、フロイトのいう超自我的なものとなり、戦争の断念をより求めることになった。だからこそ九条を実行せよ、である。まったく新しい視点から世界平和への道筋を示す書。

戦後民主主義の歪み、不正、平和という欺瞞に、文学という爆弾で闘い続け、斃《たお》れた作家をディープに描出したのが、❷**陣野俊史『テロルの伝説　桐山襲《かさね》烈伝』**。筆者も学生時代、喫茶店の片隅で地下室者の気分で、桐山の『パルチザン伝説』をむさぼり読んだものだ。その作家の文学的根源が何処《いずこ》にあったのかを探る本書は、これからの桐山の読まれ方、いや現代文学に指標を与えるもの。さまざまな切断やねじれを繰り返している歴史の集合体として現在という瞬間があるが、その隠蔽された多層に垂線を下ろす作家の深度と強度は、未来の文学が継承すべきものである。重厚かつアクチュアルな文学評伝の傑作！

その作家はやがて、❸**オーギュスト・ブランキ『天体による永遠』**のようなものを書くか、と思ったこともある。十九世紀フランス、秘密結社を組織し、ほとんどの革命に参加して為政者たちから恐れられた社会主義者。幽閉されたトーロー要塞の中で、革命論ではなく天体論・宇宙論を書き上げた。「要塞の土牢《つちろう》の中で今私が書いていることを、同じテーブルに向かい、同じペンを持ち、同じ服を着て、今とまったく同じ状況の中で、かつて私は書いたのであり、未来永劫に書くであろう」。

人間のための文化、思想、芸術。人間のための宇宙論から、平和について考える。

❶柄谷行人『憲法の無意識』（岩波新書）……九条の秘密がここにある。
❷陣野俊史『テロルの伝説　桐山襲烈伝』（河出書房新社）……未来の文学への導火線。
❸オーギュスト・ブランキ『天体による永遠』（浜本正文訳、岩波文庫）……ニーチェより早く永劫回帰。

◎6・5掲載▼大人だったら、『サラバンド・サラバンダ』（新潮社）。魂の黄昏。◎6・1▼安倍首相、消費税増税再延期表明。同23日、イギリス、国民投票でEU離脱決定。

「純粋」「善」を離れる

中野好夫／三田誠広／小林秀雄

よれよれの中年男になったせいか。「純粋」だの、「善」だのを志向するならまだしも、本当に「純粋」「善」なるものと遭遇すると、うんざりする。「あんた、大丈夫か？」と。それでも某《それがし》、瞳の美しかりし若き頃もあり、真・善・美を求め、狂うに狂うたが、一歩間違えれば、理由なき殺人者にもなり、文法なき原理主義者になってもおかしくなかっただろう。逆説的にいえば、純粋や善はとてつもない悪に直結する危険性があるともいえる。いや、もうそのエネルギーがないゆえの愚痴か……。

「ぼくもまた十五にして稚心を去ることを念願とした。そして、さらに二十代以来は、いかにして偽善者となり、いかにして悪人となるかに、苦心修業に努めて来た」

評論家でもあり、英文学者でもある❶**中野好夫**の『**悪人礼賛**』は大人のエッセイ集である。「由来ぼくの最も嫌いなものは、善意と純情との二つにつきる」と始まる随筆には、周到なパラドクスが仕込まれているが、悪には文法があり、善意こそ無文法であり、無法であると断言する。成熟するとはこういうことか。軽妙洒脱な文章の奥に、社会や時代や平和を考えるためのヒントが満載。

徹底的に悪を考え、摑み、手放さなかった宗教家を描いたのが❷**三田誠広『親鸞』**。重厚なる大長篇にもかかわらず、一気読みの面白さ。源頼朝の甥といわれる親鸞を描いた作品は多いが、かように末法の世の人間曼荼羅を迫真の筆致で描き尽くした小説を知らぬ。後白河院が、法然が、頼朝が、熊谷直実が……多くの人物が見事なまでにからみ、宗教、政治、時代全体が浮かび上がってくる。煩悩具足の悪人に極楽浄土を約束するため、「自分は言葉を語るしかない。それが無明の闇にさまようことになろうとも、自分は言葉の闇の中に踏み込むしかないのだ」と、無量の言葉を求め続けた仏教の革命児のドラマがここに。

「物を考えるとは、物を摑んだら離さぬということだ」といった❸**小林秀雄『考えるヒント』**も、全篇これ大人（知的悪人？）になるためのレッスン。中秋の名月に見入る日本人の心性を書いた「お月見」一つにしても、滋味渋味。「文化という生物」が生き、育って

いく深い理由を問いながら、「年をとっても青年らしいとは、私には意味を成さぬことと
も思われる」とも。純粋や善だけでは捉えられぬ、文化と人間の深淵を学ぶ。

❶中野好夫『悪人礼賛』（安野光雅編、ちくま文庫）……中年の純情は精神的奇形なり。
❷三田誠広『親鸞』（作品社）……地獄を経ての悪人正機の真実。
❸小林秀雄『考えるヒント』（文春文庫）……再読するたび新しい景色。

◎**7・3掲載**▼湿度99％って……。地元鎌倉は紫陽花盛り。こちらは青い息ばかりなり。◎**7・26**▼相模原市知的障害者施設「津久井やまゆり園」で大量殺傷事件。同31日、小池百合子、東京都知事に当選。

想像力というお宝

ブルフィンチ／澁澤龍彦／海道龍一朗

そんなに面白い？　ハマる？　世間はスマートフォン片手の人々ばかりで、何かＳＦ映画のワンシーン撮影なのかと思うほどだが、いや、気持ちは分かる。「ポケモンＧＯ」の席巻に、へそ曲がりの筆者はまだダウンロードしてないが、あれはお宝発見の喜びと冒険の体感という物語の原型がすべて入っているのだ。私が始めたら、たぶんレアなモンスター探しに人生を放り出し、東京砂漠でミイラになりそうなので、自粛しておこう。

❶**ブルフィンチ『中世騎士物語』**は、「ポケモン」や「ドラクエ」の大ネタともいえる冒険物語の元祖について書かれたもの。ご存じ、「アーサー王伝説」はじめ、宝や勝利などを求めて命をも賭す騎士道物語の数々。その勇気、力、謙譲、忠誠、同志……などの要素や典型を探り当てた。これを読むと、「ポケモンＧＯ」が単なる流行りものだけではな

く、なぜ人々をとらえてしまうのか、が分かる。マーケット関係者必読か。

人間の生み出す物語に、最も敏感な若者たち、ゲーマーたちに、とっておきの宝をゲットできる本を紹介しよう。読み始めたら、スマホを放り出すかも。碩学《せきがく》、**❷澁澤龍彦**の**『高丘親王航海記』**。天竺へと向かったまま消息を絶った、平城天皇皇子である実在の人物の物語をモチーフに、絢爛豪華、奇想天外、百花繚乱の想像力で描かれた冒険物語である。親王の吹く笛に惹かれてジュゴンが現れ、旅を共にするかと思えば、いい夢を食べるバクの糞の芳香を探り、砂漠を丸木舟でいくうちに空海のミイラ（即身成仏）に出会う。そして、セイロンでは謎の大粒の真珠を飲みこんで、さらには……。なんとも世界の神秘と謎をめぐる贅沢かつ淫らなほど美しい物語が続くのだが、うっとりと読み進めながら、私たちは想像力という未知なる宝を手に入れることになる。夏休みの若者たちには絶対のおすすめ。

美や芸、悟りを求めて、苦悶し、彷徨し、やがて自らの中に宝を発見するのが**❸海道龍一朗『室町耽美抄　花鏡』**。幽玄能の世阿弥、禅竹、破戒僧・一休、侘茶の祖・村田珠光それぞれを主人公にした連作短篇集。その迫力ある筆致と繊細な心の襞を描く想像力には、脱帽。「一心しか感じぬ茶は、侘しくもあるが、雑念の茶よりは遥かに豊饒」。この一文だけでも、「む、む、できる！」。
四人の巨匠の求道を通して、人間の奥深い生の秘密を発見する。

❶ブルフィンチ『中世騎士物語』（野上弥生子訳、岩波文庫）……円卓の騎士もポケモンやる？
❷澁澤龍彥『高丘親王航海記』（文春文庫）……美しく歪んだ曼荼羅と媚薬。
❸海道龍一朗『室町耽美抄　花鏡』（講談社）……狂気の果ての悟道こそ本物。

◎**8・7掲載**▼「いい汗」という言葉があったなあ。今は「汗顔」しか思い浮かばぬ。◎**8・5**▼リオデジャネイロ五輪開幕。同8日、平成天皇、ビデオメッセージで「退位」を表明。

言葉の自由求め、頁繰る

長谷川櫂／小嵐九八郎／寺山修司

「流出！」「漏洩！」「真相！」「スクープ！」。そんな言葉が貧弱に思えるほどに、恐ろしき現実。ポイトラス監督『シチズンフォー　スノーデンの暴露』なるドキュメンタリー映画に、冷や汗脂汗タラリ。元ＣＩＡ職員のスノーデンが米国の諜報活動を告発して、世界を騒然とさせた一連の事件を追ったもの。日本の特定秘密保護法が米国の圧力からというのは素人の私でも知っていたが、個人の秘め事隠し事まで筒抜けのシステムが全世界的に網羅されている事態に、「表現の自由」以前の危機感を覚えるのである。

「たいしたことない。まあ、己の表現など犬も食わぬし」と思いたいところだが、まずは「表現の自由」なるものを確かめるために、この一書。**❶長谷川櫂《かい》『文学部で読む日本国憲法』**。

憲法の民主主義・平和主義・表現の自由にこめられた叡智を、俳人である著者が、法学の文法ではなく「言葉の問題」として分かりやすく解析。世界の現実の動きまでくっきり浮かび上がってくるのだ。個人自ら思考し、想像し、感受するための言葉を模索し、より良く生きるためのヒントを提示。はしたなき情報や金ばかり垂れ流している、どこぞの政府は必読。

民主主義、平和、自由を求めて現代の若者たちも立ち上がるが、我らが兄貴たちはどうだったか。❷**小嵐九八郎『彼方への忘れもの』**は、一癖も二癖もある全共闘世代の青春小説。激しく、熱く、愚かで、愛しい面々が登場し、こちらまでワクワクしてくる。

乳児期に被爆体験を持つ主人公が、故郷の新潟・村上から、憧れの女性が近くに住む早大に入学。麻雀、任侠映画、サークル、早大闘争、恋愛……と、一個の実存が世界に対して汗をかき、がむしゃらに闘う姿に、思わず泣き、笑う。この小説の背後にある時代もまた、主人公なのだ。

この青春小説の中にも、仄暗くも強烈な歌を引用されていた**寺山修司**。「マッチ擦るつかのま海に霧ふかし身捨つるほどの祖国はありや」。この無言の眼差しと内省の強度。❸**『寺山修司全歌集』**は、どこを開いても魂が震える。

・吸ひさしの煙草で北を指すときの北暗ければ望郷ならず
・燭の火に葉書かく手を見られつつさみしからずや父の「近代」
表現の自由、とはこれだ。文学とは、これだ。頁を繰る手が止まらない。

❶長谷川櫂『文学部で読む日本国憲法』（ちくまプリマー新書）……炯眼の俳人、世界を見透かす。
❷小嵐九八郎『彼方への忘れもの』（アーツアンドクラフツ）……兄貴たちは、やっぱり変だ。
❸『寺山修司全歌集』（講談社学術文庫）……血、涙、魂。暗いきらめき。

◎9・4掲載▼昔、これでも100M11秒フラット。ねんりんピック、狙うか。無理無理。◎9・4▼中国・杭州でG20首脳会合が開幕。

不安につけ込む権力

高橋和巳／岡田尊司／小口日出彦

「政治の時代」といわれる。なぜか。不安だからである。東日本大震災による福島の原発事故。財政赤字。安保法制。北朝鮮のミサイルに、尖閣諸島問題。テロ。少子高齢化……。一体、どうなるニッポン、と冷や汗の一筋二筋、流れるというものだ。

こんな時、絶対的に信じられるものがあったら、どんなに楽か。「大丈夫。いっしょにやっていきましょう」「はい」と、寿の話ならめでたいが、これがちょっとした共同体であったら……。

最初は庶民のための幸福を願って生まれた、小さな親和的共同体だったのに、それが激変していく歴史を描いたのが、❶**高橋和巳『邪宗門』**。「ひのもと救霊会」なる素朴な新興宗教が、やがて巨大化し、歴史に翻弄されていく様を描いた大長篇。あのオウム真理教事件のはるか以前、一九六五〜六六年に雑誌連載されたものだ。だが、読むたびに、人々の抱える不安が飽和状態にある時の危うさや、国家権力に抗する小さな集まりが団体化し、組織化されていく時、国の権力構造を模倣してしまう怖さを教えてくれるのだ。

不安な時代だからこそ周到に進められているのが、マインド・コントロール。いや、操作されて、不安を煽《あお》られ、そこに政治がつけ込む。**❷岡田尊司『マインド・コントロール』**は、二〇一二年に刊行されてロングセラーになっている単行本の、増補改訂版。もはや耳慣れた言葉に思えるが、マインド・コントロールについて緻密に実態を追跡し、分析した本書を読むと、啞然、愕然、慄然。人間とは底知れぬ恐ろしいものだと実感するのだ。「衝撃、スクープ！」などのTV番組が霞んでしまうほどの事件の数々に、しばし放心の態《てい》。こういう時が危ないか。その原理と応用、そして、いかに自分の頭で考え、自身を保つかのヒントが充実。

当然、情報の氾濫にやられて、いつのまにか誘導されているというのも、被コントロールの一つ。**❸小口日出彦『情報参謀』**は、二〇〇九年の下野から四年間で政権奪還した自民党の情報戦略について書かれた本。なんと、自民党をデータ分析で導いた本人が、情報戦の深層を開示した。政党CM、政敵の悪評利用、「尖閣ビデオ」に対しての即応、SN

S（会員制交流サイト）への仕掛け……。「情報の結節点に網を張る」手法で、政権奪還させた記録は、我々が情報なるものといかに付き合っていけば良いかを逆照射する。「政治の時代」である現代の必読書だ。

❶高橋和巳『邪宗門』㊤㊦（河出文庫）……人の心の奥底こそが邪宗門。
❷岡田尊司『マインド・コントロール』（文春新書）……罠はここにも、あそこにも。
❸小口日出彦『情報参謀』（講談社現代新書）……政治という情報集積回路の今。

◎10・1掲載▼「今、何歳？」と聞かれ、「47歳」と答えようとして茫然。失われた10年、いずこに。◎10・3▼大隈良典、ノーベル生理学・医学賞に。同13日、ノーベル文学賞にボブ・ディラン。

人が輝ける「場所」

三浦展／佐伯啓思／ミランダ・ジュライ

「新潟ショック」だとぉ？　十月十六日投開票の、わが故郷越後の県知事選で、政権与党が破れたから？　「ショック」でも何でもない。当たり前の話だ。ドタバタあったが、東京電力柏崎刈羽原発の再稼働が争点となった選挙となれば、日本の分岐点である。再稼働慎重派の候補（米山隆一氏）が選ばれて当然だろう。経済や行政優先など、「官」のみの縦の論理が、自治力旺盛の県に通用するはずがない。新潟県民は、「人間が生活する場所」としての安全と未来を求めたのだ。快哉《かいさい》！

たとえば、❶**三浦展《あつし》『人間の居る場所』**という、コミュニティデザインを軸に、地域社会や街、都市を柔軟に考えていく楽しい本がある。「空間は人間が居なくても成り立つ。場所は人間が居て初めて成立する」という発想から、生き生きとした人々の活動をもたらす「場所」の創造について、多くの分野の人々と考える。「場所」か、「空間」か。原発が欲しいのは究極的にはもちろん後者。推進派は「人間が居なくても成り立つ」という、顚倒した政治に躍起になっているのである。本書は建築と都市デザインについてのものだが、国や政治、経済を考える上でもヒントになる。

未来のための選挙は民主主義のものだが、むむ!? **❷佐伯啓思『反・民主主義論』**なる本が。肯定、否定にかかわらず、まずは相手の意見を聞こうではないか、と頁を繰れば、じつに刺激的かつ思考の原点が横溢《おういつ》。つまり、「民主主義」「平和憲法」は絶対的に良いものだ、という信仰めいた一途さが、思考停止を招いているのではないかと提起。「平和、大事。憲法、守りたい」。私など然りだが、民主主義に隠された欺瞞をまずは見抜いて、考えていく一人一人の作業が、基本であると。いつのまにか政治への強制に組み込まれないためには、内なる「文学」が必要だとも。

だからこそ、世間や社会からはぐれた人々の言葉を聞く聴力が必要になる。**❸ミランダ・ジュライ『あなたを選んでくれるもの』**は、フリーペーパーに小さな売買広告を出す人たちへのインタビュー集。他人の写真アルバムを買いあさるギリシャ移民の主婦、足首にGPSをつけられた童話売りの男、一四二ドル五十セントでオタマジャクシを売る高校生……。世界から埋没しそうな彼らの生活、言葉の数々。だが、切ないほどきらめいているのだ。

文学である。人間である。

---

❶**三浦展『人間の居る場所』**（而立書房）……温度、幸福度、面白度、自由度。
❷**佐伯啓思『反・民主主義論』**（新潮新書）……極めて冷静なる人間・国家論。
❸**ミランダ・ジュライ『あなたを選んでくれるもの』**（岸本佐知子訳、新潮社）……嗜好の細部に素晴らしき宇宙。

◎**11・6掲載**▼私の小説『武曲』が映画化。熊切和嘉監督、綾野剛主演。来年公開！　嬉しかー！　◎

11・8▼米大統領選でドナルド・トランプ当選。

人間の宿痾を抉り出す

梯久美子／工藤律子／澤野雅樹

あな、おそろしや。そして、なんと崇高なことか。女であること、妻であること、作家であることとの業と執念と愛の強度に、身震いするほどである。「3冊の本棚」の、いつものイントロを書く余裕もなく、「あわわ、あわわ」と紹介したいのが❶梯《かけはし》久美子『狂うひと──「死の棘《とげ》」の妻・島尾ミホ』だ。

迫力。深遠。聖性。一人の女性を追いつつ、人間の底知れない欲望と宿痾《あ》を抉《えぐ》り出した評伝の極北である。ご存じ、「死の棘」とは、作家島尾敏雄の私小説であるが、自らの浮気から妻のミホが精神を病み、やがては夫婦ともども狂気に陥っていく戦後文学の衝撃作でもある。そのミホへの直接取材はもちろん、日記、手紙、メモ、厖大な未公開資料などの精査をこなして、伝説的夫婦の真実に迫っていく。

ミホの狂乱のきっかけとなった敏雄の日記にしても、謎が多い。ひょっとして、見られることを予期していた？

などさまざまな陰翳が何重にも覆っているのだ。

「ミホはみずからの正気を犠牲として差し出すことで、島尾が求めた以上のものを提供した」の一文に絶句。やがて、ミホ自身も「書かれる女」から「書く女」となっていく。その死までの真実を追った著者の真摯さと筆力も、あな、おそろしや、の傑作！

世界にも事実の凄さは多々あろうが、十三時間に一人の割合で少年が殺され、若者たちのチームに入るために人を一人殺せばいい、という途方もない土地を知っているだろうか。

今年の開高健ノンフィクション賞を受賞した❷**工藤律子『マラス─暴力に支配される少年たち』**は、世界一殺人発生率が高いといわれるホンジュラスの都市サン・ペドロ・スーラに生きる少年たちを取材したもの。

筆者も開高賞の選考委員の一人であったが、完全に圧倒された。「マラス」というギャング団に入らなければ、自分が殺される土地なのである。だが、この地獄においても、いや、地獄だからこそ、神の一筋の光は届く。現代日本の問題にも通じてくる衝撃作。

無政府主義的資本主義は少年たちをギャングやテロリストにもするが、地球規模で進む

「大絶滅」の様相を、社会思想史的に描いたのが❸澤野雅樹『**絶滅の地球誌**』。

金沢城のヒキガエル絶滅から、「核の宅配便」へと到る思考の振幅！「核の私有化時代の到来であり、抑止力の完全消滅」の現在をどう生き抜くか。人類必読の書である。

❶梯久美子『狂うひと――「死の棘」の妻・島尾ミホ』（新潮社）……覚悟して読まれよ。
❷工藤律子『マラス――暴力に支配される少年たち』（集英社）……じつは中米だけの話ではない。
❸澤野雅樹『絶滅の地球誌』（講談社選書メチエ）……空前絶後の人類・地球論。

◎12・4掲載▼いかん。目やら肩やら腰やら。心身の分岐点に抗《あらが》い、のたうち、冷や水となる。◎12・15▼カジノ解禁に向けた「総合型リゾート施設整備推進法」成立。

2017年

「破局」目をそらさずに

エマニュエル・トッド／ジャン＝ピエール・デュピュイ／左右社編集部

世界終末時計が二分半になったという。世界情勢や自然環境などから、科学者たちが人類の絶滅までの残り時間を割り出す架空のタイマー。この二分半、一九五三年の米ソによる水爆実験成功の時に割り出された二分に次いで短い。原因はトランプ米大統領の登場である。続々と無茶ともいえる大統領令を発しているが、すべてグローバリゼーションの終焉という、歴史の必然として現れた「自国第一主義」だ。

歴史人口学者の❶**エマニュエル・トッド『問題は英国ではない、EUなのだ——21世紀の新・国家論』**は、グローバリゼーションがもたらした「疲労」に、その発祥の地自体が耐えられなくなった限界を見すえる。テロも、人種差別も、経済危機も、難民も、格差拡大も、ポピュリズムも、そしてブレグジットもトランプも、すべて同じ。「実に貧しいものの見方」である「経済（学）至上主義」を知的ニヒリズムと断じ、そこからいかに脱却するかを考察。終末時計の分針を進めぬための叡智と、予言者トッドの思考法までも開陳する贅沢なる一書だ。

いや、分針は終末を示す午前零時を超えている。そこから逆に考えるのだ、というのが、**❷ジャン＝ピエール・デュピュイ『ありえないことが現実になるとき―賢明な破局論にむけて』**。福島の原発事故を経験した我々は、「リスク」という言葉にいかにごまかされてきたか、骨身に沁みている。あれは「破局」だ。経済的合理主義の発想による計算可能な「リスク」などという甘えから脱し、「破局」を真摯に見つめ、「破局の時間性を基盤にして、世界や時間に対する思考方法を形而上学的な次元でひっくり返す」試み。いわば、人間の真の幸福を問う書物である。

いかに世界の未来を考えるか、と二冊に没頭しているうち、ああ、いかん！　小説の〆切時計が0に近いではないか！　だが、こういう時こそ**❸左右社編集部**編**『〆切本』**なるものに手を伸ばしてしまうのである。「どうしても書けぬ。あやまりに文芸春秋社へ行く」「鉛筆を何本も削ってばかりいる」「むろん断るべきであった」……夏目漱石から現代作家まで、〆切に苦悶する物書きの赤裸々告白九十四篇。「ほんとに風邪ひいたんですか／ほんとだよ」「殺してください」……。経済的合理主義とは対極。上等なり。問題は〆切ではない、私なのだ。ありえない破局を見すえねば。

❶エマニュエル・トッド『問題は英国ではない、EUなのだ—21世紀の新・国家論』(堀茂樹訳、文春新書)……啓示ともいえる世界・国家論。

❷ジャン＝ピエール・デュピュイ『ありえないことが現実になるとき—賢明な破局論にむけて』(桑田光平・本田貴久訳、筑摩書房)……「想定外」など存在しない。

❸左右社編集部編『〆切本』(左右社)……〆切前には読んではならぬ。

◎**2・5掲載**▼藤沢周編『安吾のことば』(集英社新書)。その警策を受けるか、安吾湯で癒やされるか。◎**2・23**▼森友学園の用地をめぐる問題、国会で追及。同10日(日本時間11日)、安倍首相、トランプ米大統領との初会談。同14日、北朝鮮の金正男がマレーシアの空港で殺害される。

サイバーの闇に、ぶるっ

セキュリティ集団スプラウト／伊東寛／V・マイヤー＝ショーンベルガーほか

「欧州中央銀行が発行した本物の紙幣とうりふたつ。この偽札を見た人は皆『本物と区別がつかない！』と絶賛してくれます。タクシーやバー、洋服などを買うときにご利用ください」

このアホともいえるコピー。しかし、「フェイク」の宣伝文句ではないのだ。実際に、五十ユーロ札二百枚（約百二十八万円）の偽札が、二・一ビットコイン（約十万円）で販売されたのである。

偽札を取り扱っていたのは、インターネットの深海に存在する「闇《ダーク》ウェブ」サイトの一つ。

麻薬取引、偽造パスポート、児童ポルノ、サイバー攻撃、殺人請負等々、とんでもない世界を暴いたのが❶**セキュリティ集団スプラウト『闇ウェブ』**だ。いわゆる検索エンジンで探すことができないウェブコンテンツの魑魅魍魎《ちみもうりょう》、そのおぞましいこと。書店で何気なしに手に取った本書、怖い物見たさでワナワナ震えながらもやめられぬ。

だが、現実として、サイバー技術は国家ぐるみで「闇ウェブ」以上に使われているではないか。❷**伊東寛『サイバー戦争論―ナショナルセキュリティの現在』**は、武器や核保有などによる国家間のパワーバランスや構造をさらに激変させるサイバー戦略について、陸上自衛隊システム防護隊初代隊長が開示。

戦場という概念も通用せず、攻撃者の特定も困難、先進国の脆弱性を突き、有象無象国家の台頭を予感させるサイバー戦争の現実を、露わにした驚愕の書だ。

相手国のネットワークに侵入し重要な情報を盗むなどは基本。株価操作や秘匿情報の暴露、あるいは医療ビッグデータを混乱させて人の命を……。時々日本でもおこる鉄道ダイヤの乱れ、航空管制システムの不具合、銀行のシステムダウンなども、ひょっとしてひょっとするのである。日本のサイバー上の弱点を発見するためのジャブかも。

ガタガタ震えつつ、今期待されているというビッグデータについての一書も。❸**V・マイヤー=ショーンベルガー**ほか**『ビッグデータの正体―情報の産業革命が世界のすべてを**

変える』。グーグルが複数の検索語と数式モデルで、医学界よりも早くインフルエンザ流行の予測をしたことや、なぜオレンジ色に塗られた中古車は欠陥が少ないか。一人一人のお尻の形のデータが金のなる木に、など具体例を通し、情報産業革命の基本を説く。サイバー音痴の筆者など、「十分に謙虚な姿勢と人間性」がビッグデータの可能性の前提だ、というフレーズに、「だよな、だよな」と激しく同意し、あまりの無知にブルブル震えるのである。

❶セキュリティ集団スプラウト『闇ウェブ』（文春新書）……サイバー深海に蠢《うごめ》く悪の鮫。
❷伊東寛『サイバー戦争論―ナショナルセキュリティの現在』（原書房）……もしや、わがＰＣのフリーズも。
❸Ｖ・マイヤー＝ショーンベルガーほか『ビッグデータの正体―情報の産業革命が世界のすべてを変える』（斎藤栄一郎訳、講談社）……情報宇宙のはじまりと未来。

◎3・5掲載▼夜型が朝型に。目が覚めてしまうのだ。いよいよ分岐点か。朝日に涙目。◎5・31▼防衛省が廃棄していたとされる、南スーダンのＰＫＯに派遣されていた陸上自衛隊の日報が保管されていたことが発覚。

「仏界」「魔界」を巡る命

川端康成／志村ふくみ・石牟礼道子／古井由吉

何処《どこ》その学園による教育勅語暗誦の強制やら、文科省による道徳の教科化やら、何を言うとるの？　と思っていたら、今度は「パン屋・和菓子屋」問題である。この国のお上の教育観、どうかしている。

ならば、私がことあるごとに頁を繰る❶川端康成『美しい日本の私』をどう読むのだろう。

そのタイトルから、「素晴らしい！」などと諸手を上げて迎えたら、痛い目に遭う。作家がノーベル文学賞を受賞した時（一九六八年）の講演記録は、むしろお上の考える日本とは対極なのである。

なにしろ、一貫して禅の「逢仏殺仏逢祖殺祖（仏に逢《あ》えば仏を殺せ、祖に逢えば祖を殺せ)」という覚悟をベースに、命を賭して真・善・美を追求する芸術について語っているのだから。透徹した死生観＝「末期の眼」からの芸術は、引用されている一休宗純の「仏界入り易く、魔界入り難し」同様、とてつもなくアグレッシブなのだ。

この「末期の眼」から震災以後の日本を見つめて語り合い、書簡をやりとりしたのが❷**志村ふくみ・石牟礼道子『遺言』**。

染色家と作家の、繊細な感受性で日常と自然を捉える緻密さに思わず唸《うな》るが、中でも石牟礼の詩「幻のえにし」に心臓を掴まれ、しばし息ができぬほどだ。

「……ひともわれもいのちの真際　かくばかりかなしきゆえに／煙立つ雪炎の海を行くごとくなれば／われより深く死なんとする鳥の眸《め》に逢えるなり／はたまたその海の割るるときあらわれて／地《つち》の低きところを這う虫に逢えるなり／この虫の死にざまに添わんとするときようやくにして／われもまたにんげんのいちいんなりしや……」

もはや「魂」以前の魂の扉が開かれて、彼岸此岸《しがん》の境を融かしたような言葉である。

そして、生死の橋掛かりを渡るかのような峻厳と幽玄の言葉を紡ぎ続ける、**古井由吉**の最新連作短篇❸**『ゆらぐ玉の緒』**。

諦念と恍惚、永遠の今をモチーフにした作品群には、九条良経《よしつね》の「見ぬ世まで思ひのこさぬ眺めより昔にかすむ春のあけぼの」が通奏低音のような調べを持つ。過去、現在、未来の時制を溶融させて、ここにある刹那の豊饒を描く奇蹟の散文は、やはり、「仏界」と「魔界」をめぐる命の往還ゆえ。

ただただ畏るべし。

❶川端康成『美しい日本の私』（角川ソフィア文庫）……「私」における日本美の過激さ。
❷志村ふくみ・石牟礼道子『遺言』（筑摩書房）……生けるものとしての「ひと」。
❸古井由吉『ゆらぐ玉の緒』（新潮社）……己の源を揺るがす文学の魔界。

◎4・2掲載▼転居のため断捨離。思考力まで手離したか。放心のまま窓辺で1週間。◎4・25▼沖縄県米軍普天間飛行場移設計画で、政府が辺野古埋め立てを開始。

眠りを覚ます批評

渡部直己／髙村薫／厚切りジェイソン

春の海ならずとも、我が頭、ひねもすのたりのたりかな。緊迫した世界情勢にハラハラしながらも、やがて春眠と宿酔に堕す己である。

何かインスピレーションの源になるものはないか。音楽、風景、車内のノイズ、呑み屋での立ち聞き……。いやいや、あるではないか！「批評」である。意外に思われるかもしれないが、小説家の某《それがし》、上質なる批評を読むと、俄然書く気が起きてくるのである。

されば、と重厚大部の書、❶**渡部直己**編著**『日本批評大全』**を手にして、頭から火花。

上田秋成『雨月物語』、本居宣長『源氏物語玉の小櫛』から、蓮實重彦『夏目漱石論』、柄谷行人『日本近代文学の起源』まで精選の七十篇。日本批評を全望し、そのコアを抽出、解説してくれるのだ。

編者の美しく鋭き解題と原文の構成に陶然としながら頁を繰るうち、時代や社会の無意識にまで入り込んでいる。作品の底にうごめく、作者すら気づかぬ非言語を摑むのがまた批評でもある。近現代の批評をさらに批評する、この個人編集の書。読後、風景が変わるのだ。世界は豊饒なる襞と陰翳に満ちて、こんなにも面白さに富んでいたか、と。宝の一書。

襞もあれば、織り目もあるから、この世界。時代を複雑なる織物として見て、その縦糸横糸を日常の視点から検証したのが、❷**高村薫『作家的覚書』**。

二〇一四年から一六年のエッセイを編んだものだが、すでにブレグジット（英国のEU離脱）もトランプ選出もシリア空爆も予言したかのよう。「作家は時代の神経」（開高健）であり、その文章は無意識を映すのである。政治、教育、人口、医療、景気、外交……さまざまに絡み合う社会のテクスチュアを鋭敏にとらえていく感受性と想像力は、高村薫ならでは。そこから見えてくるものは、いかに日本の政治が無知な国民を養成し、利用しているかということだ。当然、文化や教養の極端な低さは、国際的な孤立という形で跳ね返ってくるだろう。

だから、「ホワイ　ジャパニーズピープル?!」と、**厚切りジェイソン**さんは、警鐘の叫びを上げたくなるのである。❸『日本のみなさんにお伝えしたい48のWhy』は、SNSに寄せられた日本人からの質問に答えたもの。二年前の発刊だが、国に操作されて、ひねもすのたりのたりの頭にならぬためのアクチュアルなサジェスチョンが炸裂。若者は必読だろう（叫）！

❶渡部直己編著『日本批評大全』（河出書房新社）……研ぎ澄まされた知の刀。
❷髙村薫『作家的覚書』（岩波新書）……いま一度日本を洗濯致したく。
❸厚切りジェイソン『日本のみなさんにお伝えしたい48のWhy』（ぴあ）……黒船か!? 否、厚切りの日本愛。

◎5・7掲載▼年中、五月病みたいなものだが、適応不全はこの時代、むしろ喜ばしきことか。◎5・17
▼加計学園獣医学部新設をめぐる問題発覚。

政治を打破する哲学を

浜崎洋介／西部邁／加藤典洋

連日、メディアを騒がせている政治家たちの、「脱・真実（ポスト・トゥルース）」ぶり。怒りを通り越して、滑稽でさえある。虚偽でもいいから国民の感情に訴えればいい、という開き直りの様《さま》。民主主義の世とはいえ、こんな輩《やから》を選んでしまったか、と我が身に返る情けなさに苦笑してしまうのが、我々庶民の想いであろう。

そんな時、『平和』と『民主主義』と『憲法』という三つの言葉への無邪気な臣従、あるいは思考停止という戦後的現象」とのフレーズが……。「ムムッ?」と思いつつ、繙《ひもと》いた❶**浜崎洋介『反戦後論』**は、近代文学がなぜ終わったのか、を軸に考察しながら、戦後の日本に瀰漫《びまん》した「偽善」と「感傷」を暴いていく批評の書。たとえば、その三つの言葉を固持して、そこで思考をストップさせてしまうことこそが、危険なのだと警鐘を鳴らす。

むしろ、「自由」や「平和」「民主主義」を可能にしている地平に遡行して、条件を見つめ、考え続けることが必要なのだと。

この書は文学論であるようでいて、じつは近現代の深層をとらえた人間論としても、多くの示唆を与えてくれる。

ならば、我々が当たり前に信じている「民主主義」とは、そもそも何か。ズバリ、それは「多数派の専制」であり、「多数派の誤謬《ごびゅう》」が一般的に見られる現象のこと。だから、たえず、議論が過不足なくすむまでは、疑念をさらし続ける態度を国民が共有しなければならない。そう考えたのが、「近代日本における民主主義の祖」＝中江兆民本人なのである。

❷西部邁《すすむ》『中江兆民―百年の誤解』、兆民の遺した文章を一つ一つ読み解きながら、まったく違う相貌を浮かび上がらせた。「政治を措て之を哲学に求めよ、蓋《けだ》し哲学を以て、政治を打破する是れなり」という兆民の言葉（「一年有半」）、強行採決ばかりする政治家らは、どう読むか。
「（日本の民主主義の）成熟度は一二歳の少年程度」とマッカーサーは馬鹿にしたが、敗者となった日本は、勝者にはない深い想像力を持った。

❸加藤典洋『**敗者の想像力**』は、鶴見俊輔、山口昌男、大江健三郎から宮崎駿、「シン・ゴジラ」などを通して、「敗者たることを刻印された社会」での挑戦と可能性を探った書。現代とこれからを考える上で必須。零落や屈辱、崩落から摑む、未知の思考の経験を提示する。

❶浜崎洋介『反戦後論』（文藝春秋）……日本の「地肌」を露わに。
❷西部邁『中江兆民―百年の誤解』（時事通信社）……東洋のルソーの真実に学べ。
❸加藤典洋『敗者の想像力』（集英社新書）……対米屈従？　いや、出口はある。

◎6・4**掲載**▼我が小説『武曲《むこく》』が映画（熊切和嘉監督）となり、公開に！　驚天動地の大迫力。◎6・15▼「共謀罪」の構成要件を改めた「改正組織犯罪処罰法」が成立。トランプ米大統領、地球温暖化対策の「パリ協定」から離脱を表明。

炎上する日本を分析

佐藤健志・藤井聡／東浩紀／國分功一郎

共謀罪、加計学園問題、獣医学部新設全国認可発言、議院秘書への「ハゲー！」絶叫暴言、防衛相の大失言……。

まあ、これだけ国民を馬鹿にする出来事の連続に、炎上するなといわれても、油が次々注ぎ込まれるのだから仕方がない。しかも臭い煙の立つ、質の最悪な油だ。と、今度は、バニラ・エアの車椅子客への暴力的対応ときた。メラメラというか、ゴーゴーというか、その炎の勢いに日本は焦土と化すのではないか。

声を上げるのはむろん大事だが、この「炎上」なるものを考えたいと思っていたところに、❶**佐藤健志・藤井聡『対論「炎上」日本のメカニズム』**なる本が。「炎上」という現象を通して、戦後史をくっきり浮き上がらせてみせるのだ。SNSの発達から「炎上」の蔓延が起きるのではなく、日本の方向性が「何でもあり」に陥った事態こそが原因。その背景と国民感情を分析する。

この「何でもあり」的時代をいかに生き抜くかを、日本を超えて世界大に哲学したのが

❷東浩紀『ゲンロン0　観光客の哲学』。

国家と市民社会、政治と経済、思考と欲望が、ナショナリズムとグローバリズムという異質な二つの原理に導かれて、統合されることなく、それぞれ異なった秩序を作り上げている。これが二十一世紀だ、と著者。これは、国家か、個人か、という二つのみのアイデンティティしか機能しないということでもある。それら二層構造をどう横断していくか。そこで編み出されたのが「観光客」という独自の概念だ。

哲学史を柔軟に逍遥し、文学からヒントを抽出する本書、じつに分かりやすく、しかもディープ。「観光客」なる身近な言葉が、「連帯と憐れみ」の実践の哲学へと相貌を変えていくプロセスには驚嘆。思考の枠組みが変わる。

思考のあり方、つまりパラダイムというのは、その中にいる時には当たり前で、疑いもしない。だが、思考のシステムを作り上げる言語に着目してみると――。

❸國分功一郎『中動態の世界―意志と責任の考古学』にも、驚天動地。言葉には、能動

態と受動態の区別しかないと思いがちだが、それこそが人間存在のイメージを規定していた。なんと、「中動態」なる言葉が存在するのだ。つまりは、意志、責任、行為、選択などにまとわりつく能動／受動のみの、がんじがらめの世界に、未知にも近い自由が開く。しかも、すぐそこに、である。快哉《かいさい》！

❶佐藤健志・藤井聡『対論「炎上」日本のメカニズム』（文春新書）……社会規模のカタルシスを読む。
❷東浩紀『ゲンロン0　観光客の哲学』（ゲンロン）……これこそ「世界」の歩き方。
❸國分功一郎『中動態の世界―意志と責任の考古学』（医学書院）……する／される、だけではない。

◎7・2掲載▼雨垂れ、石を……。というか、意志を穿《うが》たれ、梅雨鬱におちいる。万事雨天順延。◎7・7▼国連本部で核兵器禁止条約が採択されるが、日本は投票せず。

生きること　考え抜く夏

大澤真幸／武田砂鉄／前田将多

子供たちは夏休みか。絵日記でも科学実験でも自由研究でも何でもやるから、夏休み下さい、と初老男は酷暑に顎を出すばかり。あのガリレオ・ガリレイは「宇宙というわれわれの眼前につねに開かれた偉大な書物」を読むことが科学であると言ったが、子供たちには、宇宙を、世界を自由に楽しんでほしいものだ。

そもそも、このガリレイをはじめとする近代科学なるもの。生まれたのがルネサンスから十八世紀末あたりである。しかも、この時代といえば、宗教改革の時代。「聖書のみ真理」と唱えた宗教改革と、聖なるテクストよりも事物による論証、観察、実験を重視した科学革命が、同時に行われた「近世」の不可思議とは何か。ここは哲学の出番である。

❶大澤真幸『〈世界史〉の哲学　近世篇』は、その二つはむしろ深く連動した運動であ

り、同じ精神の転換を意味していたと解読してみせた。厖大な資料を渉猟しながら、「近世」の成立を探り、あの無謀とも思える新大陸発見の航海がなぜ行われたかも解明。税制、王権、狂気と理性、最後の魔術師等々、途方もない振幅の中に、「知性」の枝の絡みを発見し、「経験」の複雑なる根を掘り起こし、やがて、「われわれ」人間の全貌を浮かび上がらせるのである。こんな世界史の書き方があったのか！　畏るべき書物。

この夏、吾輩の歴史音痴コンプレックスも返上できるか。「いやいや、コンプレックスこそ宝」と元気づけてくれるのが**❷武田砂鉄『コンプレックス文化論』**。天然パーマ、一重、背が低い、下戸、遅刻、ハゲ、実家暮らし、親が金持ち……。人の数だけ劣等感はあろうが、その苦悩がチープなほどディープ、なのだ。抱腹絶倒しながら、人間の愛しさと愚かさを描いた文化論。自信をつけるか、それとも、逆に自らの未知のコンプレックスを発見するか。まずは読まれたし。

そんなコンプレックスなど吹っ飛ばせ、と思ったか。電通マンを辞めて、いきなりカナダのカウボーイに。**❸前田将多『カウボーイ・サマー　8000エイカーの仕事場で』**は、正真正銘のカウボーイ生活に翻弄されながら、「生きる」ということを考え抜いた快著。作業のディテールから北米の歴史の根っこまで見えてくる。ブランディングなる牛への焼き印ではないが、社会の烙印に怯えるなど小さい、小さい。同じ著者の『広告業界という無法地帯へ　ダイジョーブか、みんな？』（毎日新聞出版）も合わせて是非！

❶大澤真幸『〈世界史〉の哲学　近世篇』（講談社）……このシリーズ読破、今夏の目標！
❷武田砂鉄『コンプレックス文化論』（文藝春秋）……俺の、あれも、いわば、それか。
❸前田将多『カウボーイ・サマー　8000エイカーの仕事場で』（旅と思索社）……西部劇より過酷でクール。

◎8・6掲載▼暑い。脱力。ビール。脱水。心身。脱落。これ、解脱？　**◎8・3**▼内閣改造で、第3次安倍第3次改造内閣発足。

ニッポンのDNA

朝井まかて／小林紀晴／岡本和明・辻堂真理

まだまだ暑いじゃござんせんか。夏のすてっぺんなんぞ、とっくに越えて、浴衣、仕舞いこもうってのに、この残暑。ひとつ風呂浴びて、かぁーっと粋な酒でもひっかけに上野広小路あたりに……。

と江戸弁でとんとーんと調子づきたくて、❶**朝井まかて『福袋』**を手に取れば、「いや、こりゃ凄ぇ！」と膝を打った。潮垂《しお》れてる場合じゃねえ。完全にハマり、その面白さに暑さを忘れてしまったのである。江戸庶民の暮らしを綴った短篇集、どこを読んでも、泣ける、笑える、しみじみ、人が好きになる。寄席看板の文字書き屋、湯屋のちゃきちゃき娘、ワじるし（春画）を描く、いなせな女絵師……。煙管の火皿に詰めそこねて煙草の刻みが膝へ、などと細部まで、まあ、その筆力ったら。江戸の喧騒と匂いをリアルに追体験できるかのような、おそれ煎り豆の作品に唸る。

「祭ってのは楽しむもんだ。そうやって、神様に喜んでいただくんです」と、『福袋』の好短篇「後の祭」にはあったが、これから秋祭り本番。そこで、❷**小林紀晴**《きせい》『**ニッポンの奇祭**』がおすすめ。写真家である著者の故郷、長野県諏訪の御柱祭から始まり、埼玉、福島、高知、宮古島等々を取材。いずれも「ヤマト」以前の古《いにしえ》の神々が喜んで、地元の人々とその土地に生きることを楽しむのだ。

仮面をつけ、泥だらけのパーントゥ（神様）が村を走り回る宮古島の祭。「追われ、泥を塗りたくられた人の表情には恍惚があった。世には怖いものが存在するということを知らしめる存在。おそらくパーントゥはそんな意味を持っている。それを私は畏れという名のつつしみだと感じた」。

祭りは土地のDNAを映すが、こちらはどうか。❸**岡本和明・辻堂真理**《まさとし》『**コックリさんの父　中岡俊哉のオカルト人生**』。一九七〇年代の超能力ブームの生みの親を、徹底取材で追った驚愕のオカルト評伝である。スプーン曲げ、心霊写真、心霊手術、ハンドパワー……。中でも、実際に警視庁が「三億円事件」の犯人の透視依頼をしていた、オランダの透視能力者クロワゼット氏の話は、真実の凄さに鳥肌が立つ。すべて中岡俊哉というコックリさんの父がいたから、起こりえたことだ。

ブームは時代を映す。戦後出版、テレビ放送裏面史でもある。本書カバー裏には、なんとオフィシャル版「コックリさん文字盤」付き！

❶**朝井まかて『福袋』**（講談社）……粋。情。義。たまんないねえ。
❷**小林紀晴『ニッポンの奇祭』**（講談社現代新書）……土地の古層から瑞々しい息吹。
❸**岡本和明・辻堂真理『コックリさんの父　中岡俊哉のオカルト人生』**（新潮社）……鳥居の上に十円玉。あっ、何!?

◎9・3掲載▼右脳・左脳活性のため、ギター再開。じつは昔、音楽で食っていこうとも。◎9・20▼歌手・安室奈美恵が18年9月に引退することを表明。

人の心の未知を思う

アンドルー・ラング／柳田國男／平野純

秋めいてきて、世間の騒動から離れ、心静かなる刻《とき》をひっそり密室にて過ごさまほしき心地して、ゆるりゆるりと頁を繰れば……。

今、じんわりと楽しんでいるのが❶**アンドルー・ラング『夢と幽霊の書』**。読書において書き手の主観が煩わしく思えるときに、かような見聞のみを淡々と記した書物はありがたい。夢と幽霊についての話を蒐集しただけ。だが、幻視、水晶玉、幻覚、生き霊、幽霊、幽霊屋敷、さまざまなお化け、と世界各国の例を集めた百二十年前の名著なのである。

なんと、夏目漱石がロンドン留学時代に夢中になって読み、短篇「琴のそら音」のヒントにしたという本である。吾輩の場合、貧しき語学力ゆえ原著で読むのは難儀と思うていたが、本邦初訳が出て快哉《かいさい》。これは人間の潜在意識の百科全書である。人の心なるものこそ未知。ドキドキ、ワクワク、ゾクゾクするのだ。

「無数の山神山人の伝説あるべし。願わくはこれを語りて平地人を戦慄せしめよ」と、嬉しいことをいってくれたのは、ご存じ、❷**柳田國男『遠野物語―付・遠野物語拾遺』**。オシラサマ、天狗、山の霊異、雪女、いろいろの鳥等々、読み始めたらやめられない。

この民俗学の名著、遠野に住む佐々木鏡石なる人物から柳田が聞き書きしたものであるが、この二人を会わせ、また柳田を遠野の地に案内したのが水野葉舟《ようしゅう》という人。じつは、この水野氏、さきほどのラングの話を、『趣味』（明治四十一年）という雑誌でいくつか紹介もしていたというのである。さすがに奇々怪々のネットワーク。と、部屋の壁をサリサリコツコツ引っ掻く音。幸福や財産をもたらすザシキワラシが遊んでいるのかと、見開いた目を向ければ、ガガンボが一匹、秋の到来に逃げ惑うていたことであるよ。

そんな虫の音にザシキワラシを結びつける我が心の愚かさ、はしたなさ。

「『私はこれを得た、あれを得た』と誇るひとがいる。貨幣、金銀、家や土地――この世に財産と呼ばれるものは尽きない。が、それらもすべて死が奪い去ってゆく」「身体は手足のついたクソ袋である。その『ありのまま』の事実から目をそむけるな」。❸**平野純監修『ブッダの毒舌　逆境を乗り越える言葉』**からこんな叱責を浴びた。これらの言葉、釈尊のもの。聖人君子とは対極。我が子を束縛とみなして家出するような破天荒な男だが、その本音が特太ゴチックの文字でガツンと胸を打つ。癒されない言葉が癒すわけである。「ドンと来い！」の一冊。

❶アンドルー・ラング『夢と幽霊の書』（ないとうふみこ訳、作品社）……そうか、幽霊は心の友達か。

❷柳田國男『遠野物語―付・遠野物語拾遺』（角川ソフィア文庫）……真面目に不可思議、のステキ。

❸平野純監修『ブッダの毒舌　逆境を乗り越える言葉』（芸術新聞社）……ありのままありのままあり……。

◎10・1掲載▼夏の疲れか、ペンも持てぬ。だが、熱燗、お猪口はいくらでも。◎10・5▼カズオ・イシグロのノーベル文学賞受賞が発表される。同22日、衆院選で自民圧勝、公明をあわせ2／3を確保。

人の中心にある情緒

松岡正剛／岡潔／西部邁

便利な言葉である。「真摯に」「謙虚に」——。衆院選から二週間、秋風索漠《しゅうふうさくばく》のうすら寒さに背中を丸めながら、政界の辞書を繰る。それらが、「適当に」「不遜に」という意味だと知るが、まだこちらを実際に口にされた方が、可能性があると思う己もどうかしているか。そんな四角く短いベクトルの言葉では、この時代や世界の複雑系を見逃してしまうに決まっている。いや、だから政治家はあえて使うのだが。

これはこれ、あれはあれ、と裁断するがごとき線引きに、人はなぜか安心するものであるが、世はうごめき、生成し、入れかわり、混じり合っているのだ。今理解しているつもりの世界は、本当にこれなのか、あれなのか。

❶松岡正剛『擬《もどき》――「世」あるいは別様の可能性』は、歴史、生物学、物理学、芸能……

ミトコンドリアからコスプレまで、森羅万象を通して未知なる可能性を探った奇書とも呼ぶべき本。「何かに似せてつくる」という「擬《もど》く」をキーに、縦横無尽に世界と歴史を遊びながら、まったく異貌の風景を浮上させるのだ。さらに日本文化独自の「面影」観を追うセンシティブなこと！「世」は豊饒なるものぞ。

そして、「面影」を察知するには、情緒がいる。「排除」と合理主義が理想の先生方には、名著❷岡潔『春宵十話《しゅんしょうじゅうわ》』を再び読んで、恥じ入りなさるのも勉強なり。

「人の中心は情緒である」。大数学者は世の中の複雑系を捉える核を、こう述べた。また、「理想とか、その内容である真善美は、私には理性の世界のものではなく、ただ実在感としてこの世界と交渉を持つもののように思われる」とも。「真摯」「謙虚」と連発する前に、自らの中心の情緒にこそ、黙して真摯に謙虚に耳を澄まさねば。

岡潔は「心のふるさとがなつかしい」という情操と理想を結びつけてもいたが、❸西部邁《すすむ》『ファシスタたらんとした者』の根本にあるのも然り。不穏なタイトルの真意は、危機としての生を実践するために、他者と考え、生活し、「結束」して進むということ。つまり、「良心をつらぬくための死生論」＝「心のふるさと」を基点にして、凄まじいほどに厖大深遠な思考を練り上げ、生きるという意味なのである。

そして、情緒と実在感。日常の細部にまで哲学は宿る。右だ、左だ、保守だ、革新だという思想以前に、個人としての省察のあり方に度胆を抜かれる。

❶松岡正剛『擬―「世」あるいは別様の可能性』（春秋社）……やられた。拙作の題名候補が。
❷岡潔『春宵十話』（光文社文庫）……沁みる。いま読むべき人間論。
❸西部邁『ファシスタたらんとした者』（中央公論新社）……思想本来の涙と優しさが滲む。

◎**11・5掲載**▼剣道五段の受審断念。稽古不足ゆえの五十肩で竹刀上がらず。涙。◎**11・29**▼横綱日馬富士が後輩力士に暴行したことにより引退届を提出。

一人のたたずまい

若竹千佐子／畠山理仁／林家正蔵ほか

ちょっと前に「一億総活躍社会」と言っていたと思ったら、今度は「生産性革命」か。難儀な話である。

作家坂口安吾曰く、「革命だの、国家永遠の繁栄のため、百年千年の計のため我々がギセイになる、そういうチョットきくと人ぎきのいい甘ッチョロイ考え方がナンセンス、又罪悪」（「新カナヅカイの問題」）。然り。我々はそんな国から余計なことを言われずとも頑張っとるわい。

「よし、俺は俺で一人行く」と鼻息を荒くしていたところに、❶**若竹千佐子『おらおらでひとりいぐも』**。第五十四回「文藝賞」受賞作である。七十四歳の独り暮らしの桃子さん。

夫と死別し、子供たちとは疎遠。だが、この主人公、「老い」をエネルギーとして、人生の冬期を夏に変えるような、逆転の発想を手に入れるのだ。「老い」を描いた作品として、深沢七郎『楢山節考』や佐江衆一『黄落』など傑作はいくつもあるが、本作品、まったく新しい境地。こんな老後なら、悪くないぞ。「一億総活躍」って何の話？ と余裕と充実の「おひとりさまの老後」である。

人聞きのいいフレーズには騙されるな、と真摯に声を上げ続けて幾星霜。メディアでは冷酷にも「泡沫《ほうまつ》候補」と呼ばれているが、落選また落選の勇士たちを追った❷畠山理仁《みちよし》**『黙殺 報じられない〝無頼系独立候補〟たちの戦い』**が抜群の面白さ。第十五回開高健ノンフィクション賞受賞。

どんなに無視されて、落ちて、さらには高い供託金まで没収されても、やり続ける候補者たちを、著者は「泡沫候補ではない。無頼系独立候補である！」と言うのだ。ご存じ、マック赤坂さんをはじめ、「独自の戦い」を続ける彼らを、二十年間、これまた追い続けた記録である。政治以前に、人であることの愛おしさに満ちて、俄然元気が出てくる人間讃歌でもある。

この「人」なる複雑怪奇な面白さ。故・立川談志師匠は落語を「人間の業の肯定」と言ったが、まさに落語は人間世界の肝が詰まっている。

❸**林家正蔵ほか『十八番《おはこ》の噺《はなし》—落語家が愛でる噺の話』**は、人気真打五人と若手真打・二ツ目六人が、自らの落語の秘密を語った本。私の好きな立川生志《しょうし》師匠など、こんなに明かしていいのか、という磨きに磨いた技を披露。脚本力、脚色力、話術と演技力などの深さに唸りつつ、業だらけの人間がさらに好きになる。ちょいと寄席でも覗いて、憂さぁ笑い飛ばしたら、熱燗キューッで、天国でさぁ。

---

❶**若竹千佐子『おらおらでひとりいぐも』**（河出書房新社）……宮澤賢治も真っ青の東北弁。
❷**畠山理仁『黙殺　報じられない〝無頼系独立候補〟たちの戦い』**（集英社）……街頭で立ち止まること必至。
❸**林家正蔵ほか『十八番の噺—落語家が愛でる噺の話』**（フィルムアート社）……たまんないねえ、もう一席！

◎12・3掲載▼もう師走か、と思うのと、まだ師走か、と思うのとどちらが良かろう。◎12・6▼日本原子力研究開発機構、高速増殖炉「もんじゅ」の廃炉を申請。同日、トランプ米大統領は、エルサレムをイスラエルの首都と認定。

2 0 1 8 年

ご先祖の言葉を想う

柳美里・佐藤弘夫／若松英輔／早稲田文学

どうか、良い年になりますように。

と、歳神様《としがみ》にお参りしては、お屠蘇に手を伸ばしてばかりの正月である。数えで還暦にならんとする男であるというのに、新年早々だらしない。民俗学者・折口信夫は、新春に来訪する歳神様を先祖の霊と解釈したが、我が先祖は嘆いておられるか。

そんな時、お正月が、「冥顕《みょうけん》の境界を超えた、生者と死者の交流をめぐる豊かな物語」を感じるための節目としてある、という文に接し、背筋が伸びた。❶柳美里・佐藤弘夫『春の消息』。

芥川賞作家と宗教学者のお二人が、東北の霊場を巡り、死者たちの声に心を澄ませ、手を合わせる。「人は死者を必要とする存在なのです」（佐藤）。然り。地に宿る記憶と霊魂から、現代の死生観の変容を逆照射していくのだ。日常に汲々《きゅうきゅう》としていた狭隘《きょうあい》な心を、先祖や死者たちの想いが豊かに広げてくれるようでもある。収められた宍戸清孝《ししどきよたか》の写真が、美しく、深く、そのまま祈りの力を感じさせる。

本書で柳美里さんが、哲学者レヴィナスの「言葉が維持するものは、言葉が宛先として指定し、言葉が呼びかけ、言葉が祈りを求める他者に他ならない」という文章を引用していたが、これは日本の知的巨匠・文芸評論家の小林秀雄と通底する。**❷若松英輔『小林秀雄 美しい花』**は、その実像に迫る傑作評伝だ。

批評を通して、言葉のかなたで「実在」を知覚していく営みこそ文学や芸術であり、古人が「言霊《ことだま》」と呼んでいたものと通じることを示し続けた小林秀雄。『ランボオ』『Xへの手紙』『ドストエフスキイの生活』から『モオツァルト』まで、小林の批評を丁寧に読み込む著者のあり方は、まさにその人に似て、「無私」に徹することで摑み取られるものばかりだ。あまりにインスピレーションにあふれ、素晴らしく、これは同業の方々には読ませたくないなあ。

❸『早稲田文学増刊 女性号』も、秘蔵していたい一冊。古今東西の女性の書き手だけによる小説、詩、批評、短詩等々が、既存の世界の色を変え、豊饒で可能性に満ちた光を

差し出してくれるのだ。そして、文学がなぜ文学なのか、の根本を練り直してくれる。昨年のノーベル文学賞受賞者カズオ・イシグロさんも、この特集には嫉妬するであろう。とにかく、そうはいかぬとは知りながら、一人秘匿し、抱きしめていたい、贅沢なる書物。

歳神様、こんな私を許して下さい。

❶柳美里・佐藤弘夫『春の消息』（第三文明社）……繰《く》るごとに魂に沁みる。

❷若松英輔『小林秀雄　美しい花』（文藝春秋）……美の深淵、美の秘密。

❸『早稲田文学増刊　女性号』（川上未映子責任編集、早稲田文学会発行、筑摩書房発売）……文学の鍵はここにある。

◎1・7掲載▼雪やこんこ、あられやこんこ。己《うぬ》は喜び、書きまくる。新年の抱負なり。◎1・18▼一連のオウム裁判終結。

スター女優が輝く陰で

北村匡平／高橋敏夫／青山透子

すでに如月というのに、いまだ正月気分を引きずって、映画やドラマばかり見ている。「ああ、締め切りが！」と舌打ちしながらも、いつのまにか女優さんたちの美貌と演技に口をだらしなく開けているのである。「やっぱ、日本の女優さんが今も昔も、一番いいな」と声を上げても、真夜中に同意する者もなく、咳してもひとり。

うん？　いや、いらっしゃった！　❶北村匡平《きょうへい》**『スター女優の文化社会学――戦後日本が欲望した聖女と魔女』**。「永遠の処女」と言われた原節子と、「肉感的な魔女」京マチ子の大スター二人を軸に、戦後の集合的無意識を浮かび上がらせた名著である。スクリーンとファン雑誌を綿密に、舐めるように、凝視・分析しながら、占領期・ポスト占領期のスター女優像の変遷を追った。アメリカの性的な占領を解除するようなイメージを構築し、

「正義と規範」を体現したのが原節子ならば、豊満で過激な身体から鬱屈した若者のエネルギーを爆発させ、「敗者」を乗り越えようとしたのが京マチ子。豊富な写真とマニアックな批評は、映画はむろん、メディア文化論、社会学的にも垂涎《すいぜん》。

松本清張原作の映画にも魅力的な女優たちが出ていたが、❷**高橋敏夫『松本清張「隠蔽と暴露」の作家』**も必読。没後二十五年を越える「社会派ミステリー」作家が、今、なぜ、さらに読まれ、映像化されるのか。戦後から「新たな戦前」へと変わる今こそ、松本清張が旺盛に書き綴った作品群が重要なのだ。人と社会と国家が隠し続けたもの、占領下日本の巨大な密室、そして、これからも隠蔽し続けてのさばっていく政界、官界、経済界の病巣をえぐり出すために、清張の「疑い」の手法が必要とされることを提示。具体的な作品紹介だけでもゾクゾクするが、「黒の作家」が抱え込んでいた謎にも唸らされる。

清張なら、この事故をどう描いたかと事あるごとに思うのが、一九八五年八月に起きた日航ジャンボ機123便の墜落事故だ。元へ。これは、事件だ。すでに昨年から話題になっている❸**青山透子『日航123便　墜落の新事実　目撃証言から真相に迫る』**。衝撃の書である。御巣鷹の尾根に墜落する前に、ジャンボ機を追尾していた二機の戦闘機、また機体に添い続けたオレンジ色の物体、さらに、国はなぜあえて救助活動を遅らせたか。

日米が隠蔽した恐ろしい事実に背筋が凍る。その体質が今なお続いていることへの重大なる警鐘なのだ。

❶北村匡平『スター女優の文化社会学―戦後日本が欲望した聖女と魔女』（作品社）……「原節子の臀部」に着目とは！
❷高橋敏夫『松本清張「隠蔽と暴露」の作家』（集英社新書）……がぜん、全集を読みたくなる。
❸青山透子『日航123便　墜落の新事実　目撃証言から真相に迫る』（河出書房新社）……国よ、どうシラを切る？

◎2・4掲載▼「雪かきなら任せろ」の越後生まれ。重きに泣きて、3日寝込む。◎2・1▼棋士藤井聡太四段が中学生初の五段昇段。

日本人の可能性を測る

布施祐仁・三浦英之／井上寿一／内村鑑三

またか。「ない」と言っていた資料が、地下倉庫からワンサカ。労働時間等総合実態調査のデータ、約一万人分の調査票の入った段ボール三十二箱が、厚労省本庁舎の地下倉庫で見つかった問題である。

何せ国は隠す。「不都合な真実」は、黙って、シレーッとしてれば良し、か。国民を馬鹿にし、人の命よりも、政権の「実績作り」の方が大事ときた。

自衛隊PKO活動における南スーダン日報問題など典型。❶**布施祐仁《ゆうじん》・三浦英之『日報隠蔽　南スーダンで自衛隊は何を見たのか』**は、実際の「戦闘」現場の詳細報告や情報公開請求後のプロセスとともに、リスクを示さないまま進められる国策の根っこ自体を露わにした。実際に現地で銃弾が飛び交っていた「戦闘」を「衝突」と言い換え、さらにその

「戦闘」の実態が書かれていた日報は廃棄したとの虚偽。そして、極めつけは、日報隠蔽の時期に安保法制の新たな任務「駆け付け警護」を、派遣部隊に付与するという恐ろしさ。防衛大臣と事務次官、陸上幕僚長が辞任した前代未聞の顚末のすべてを、日報開示請求をしたジャーナリスト布施と、南スーダンに十四回潜入した特派員三浦の二人が連帯して暴き出した。

「戦争でまず犠牲になるのは真実」という言葉があるらしいが、**❷井上寿一《としかず》『戦争調査会　幻の政府文書を読み解く』**は、幻の政府文書「戦争調査会事務局書類」全十五巻を緻密に読み解いた。一九四五年十一月、幣原《しではら》喜重郎内閣が、なぜ戦争は起き、なぜ負けたのか、なぜ道を誤ったのか、を分析・検証するために立ち上げた国家プロジェクトが、戦争調査会。大臣経験者、外交官、軍人、官僚などへのインタビューから現地調査まで厖大な記録である。公文書焼却や戦犯逮捕などの困難の時期に四十回を超える会議を続け、開戦敗戦の実態を、「不都合な真実」であれ何であれ、すべて公表するために行ったものだ。この「不戦の誓い」のためのプロジェクト、平成の現政権はどう読むか。日本人の可能性を考える上でも必読の一冊。

そして、**❸内村鑑三『代表的日本人』**も。キリスト教思想家が英語で著し、世界に示した本。今、ＮＨＫ大河ドラマで大盛り上がりの西郷隆盛をはじめ、封建領主の上杉鷹山《ようざん》、農民聖者・二宮尊徳、村の先生・中江藤樹《とうじゅ》、仏僧・日蓮上人の五人の生き方から日本人の優れた精神性を説いた。日本人も捨てたもんではありもはん！

❶布施祐仁・三浦英之『日報隠蔽　南スーダンで自衛隊は何を見たのか』（集英社）……国はこんなに恐ろしかった。
❷井上寿一『戦争調査会　幻の政府文書を読み解く』（講談社現代新書）……これからの時代のためにこそ。
❸内村鑑三『代表的日本人』（鈴木範久訳、岩波文庫）……ちょっと誇りたくなり侍顔に。

◎3・4掲載▼今度はぎっくり背中か。作家業の宿痾？　いえ、スギ花粉によるクシャミのせい。◎3・12▼森友学園問題で、財務省は公文書改ざんを認める。

放心して無常の世界へ

長谷川櫂／大塚ひかり／尾崎左永子

慌ただしき新年度の始まり。三つ子の頃からいつも乗り遅れ、独り鬱に陥るのは還暦近い今も同じ。川のほとりで一人、ぼんやりと水面を眺めていた幼児の頃とまったく変わらないのである。この年季の入った放心時間を何か生産性のあるものに費やしていたら……、と思っても、無理というか、もう遅い。

嘆息混じりで四月の世間をまぶしく見ていたら、「いや、その放心が大事なのだ」と心強いお言葉。松尾芭蕉の名句も、「ぽーっ」から始まったと。

❶**長谷川櫂《かい》『俳句の誕生』**は、何故日本に俳句という短い詩が生まれたのかを追いながら、「ぽーっ」という放心状態こそが鍵だとして、詩の謎を導き出した刺激的な書。芭蕉の傑作群も、集中と放心によって生まれたのである。「蛙飛こむ水のおと」と詠んでから

「古池や」を見いだすまでに流れた空白の時間。「この間、芭蕉はぽーっとたたずんでいた。この空白の時間のうちに現実の芭蕉から心の世界の芭蕉へ、主体の転換が起こった」のである。つまり、言語以前の位相にワープして、無の記憶と無の覚醒を言葉にしたと。確かに、主体である「自分」が放心してさまよう時、魂の黄昏、あるいは、もののあはれを体感しはしまいか。

たとえば、あの物語の極北『源氏物語』の凄さも、男女関係のもつれにもつれた網のむこうに、「もののあはれ」という言語以前の無常が横たわっているからだ。ましてや、作者の紫式部は「かけがえのない人などいない」という超無常の教えを伝えるために物語を書いたとなったら……。**❷大塚ひかり『源氏物語の教え―もし紫式部があなたの家庭教師だったら』**は中宮彰子の家庭教師になった紫式部が、女子はどう生きるべきか、のヒントを存分に物語に注入したと説く。むしろ、ポジティブな意味で、「かけがえのない人」などに騙されるな、と。自分が自分であるために、いかにすべきか。宮中で酸いも甘いも知り尽くした「史上最強の家庭教師」＝紫式部の源氏レッスン。男にとりては、あな、おそろし。

源氏物語の名訳はむろん、女性の自由と情熱を歌い続けた与謝野晶子。その人と時代と空気を多角的に描き出したのが、❸尾崎左永子《さえこ》『「明星」初期事情　晶子と鉄幹』。晶子のみならず、「明星」に集まった女流歌人たちの愛や自己表現への想いが、リアルに息づく。「やわ肌のあつき血しほ」の温度までが伝わってくるような臨場感。やはり、詩歌はいとうるはし。

❶長谷川櫂『俳句の誕生』（筑摩書房）……芸術の秘密はここにあった。
❷大塚ひかり『源氏物語の教え—もし紫式部があなたの家庭教師だったら』（ちくまプリマー新書）……そんな事まで教えていいの？
❸尾崎左永子『「明星」初期事情　晶子と鉄幹』（青磁社）……神奈川近代文学館で「晶子」展。

◎4・1掲載▼ひねもすのたりのたり。執筆、のたり。会議、のたり。春の海でも見に行こう。◎4・1
▼小学校で道徳教科始まる。

人間の深淵覗くGW

レイラ・スリマニ／東江一紀／ルーク・ハーディング

なぜ、こんなにも早く終わってしまうのか、大型連休！　行きたい、観たい、食べたい。はずだったのに、不精な性格ゆえ、計画倒れに終わる。

とはいえ、GW用の面白そうな本を求めて、書店でまず手に取ったのが、❶**レイラ・スリマニ『ヌヌ　完璧なベビーシッター』**。二〇一六年ゴンクール賞受賞作。「世界を震撼させた心理サスペンス」である。一行目の「赤ん坊は死んだ」のフレーズに、「あ、これはいかん、やめとこう」と思う。なのに、「ほんの数秒で事足りた」の二行目。ついつい、緊迫した文章につられ、頁を繰る手が止まらなくなった。副題に「完璧なベビーシッター」とあるが、「ヌヌ」とは、子守りと家事を任される者のこと。パリ10区のアパルトマンで、二人の子供を預かり、料理も掃除も完璧にこなすルイーズ。ところが、その両親にも信頼されていたルイーズが、子供たちを殺《あや》めたのである。なぜ？　本人すらも気づかぬ心の奥底。そこに沈澱し続ける孤独や不安が表面張力を起こし、決壊した時。虐待や犠牲の両極を描く、というよりも、人間の深淵を覗くような小説だ。

恐ろしき小説に瞠目だが、これは翻訳のうまさもあってのこと。たとえば、海外ミステリー小説の名訳といえば、ご存じ、故・**東江一紀**《あがりえかずき》さん。二百冊の訳書を超える巨人である。そのエッセイが、**❷『ねみみにみみず』**。

いきなり「寝耳に蚯蚓《みみず》」って、センセ。これ、デイヴ・バリーの小説『ビッグ・トラブル』の訳者あとがきに、実際に書かれたフレーズ。こんなものは序の口である。翻訳家の「金科玉条」について、「ややこしいので、略して〝金玉〟」と言いつつ、翻訳は正確なだけでは駄目なのだ。人生経験と読書の蓄えと性格のねじれ、が必要などとディープなことをさらりと述べる。地口というか親父ギャグ連発なのだが、真摯さとアホさが混沌としたエッセイは、生きる元気を与えてくれる。

「寝耳に水」と言えば、トランプの政策と側近斬り。いや、もっと怖い話が満載の、**❸ルーク・ハーディング『共謀　トランプとロシアをつなぐ黒い人脈とカネ』**は、一九八〇年代から始まったトランプとロシアの黒いつながりを徹底した取材で焙り出した。それこそ、傑作のサスペンスやミステリーを超える面白さ。というか、恐ろしさ。読んでいる間じゅう、自らの足取りが、「００７」のダニエル・クレイグになってしまう。しかし、これは、現実なのだ。

❶レイラ・スリマニ『ヌヌ　完璧なベビーシッター』（松本百合子訳、集英社文庫）……やはり闇の根源は人であること。

❷東江一紀『ねみみにみみず』（越前敏弥編、作品社）……立て板に蚯蚓、とも言うらしい。

❸ルーク・ハーディング『共謀　トランプとロシアをつなぐ黒い人脈とカネ』（高取芳彦ほか訳、集英社）……黒い、あまりにも黒い真相。

◎5・6掲載▼新連載「あじゃりあじゃらか」（『別冊文藝春秋』）エロスかつ命の物語なり。◎5・6▼日大アメフット部選手の危険なタックルが波紋を広げる。

読み書きお忘れなく

武田砂鉄／新井紀子／坂口安吾

昨日は、改ざん。今日は、廃棄。明日は、新たな文書……。アメフット部問題や米朝会談開催の行方など、まあ、ニュースが更新、上書きされていく。一週間前のあの事件は？と思っても、メディア自体がとにかく新味の動きに血眼である。それに加え、私など典型だが、忘れやすい心性の日本人。

水に流す、昨日の敵は今日の友？　いやいや、それこそが危ないのだ、国の思うツボだ、と警鐘を鳴らすのが、❶武田砂鉄『日本の気配』。「完成されている風潮」という異様な事態を活用しているのが、現政権で、選挙から改憲、答弁、政策まで「国民のご理解をいただいた」で済まして終わり。後はシャーシャーとし、何か聞かれたら、天地がひっくり返るような稚拙な言葉で逃げる。この人らは「日本語の限界に挑戦しているのか」と、武田は爆笑かつ鋭い揶揄で突っ込む。もうそのすべての本質を抉る絶妙な切り込みが面白すぎて、読むのをやめられん。ヘイト・スピーチから政治、駅の男子トイレの「一歩前へ」のステッカーまで、細部への違和感やムカつきをもとに、政権やメディアの暴走の「ガソリン」となる、日本人の「忘却体質」を一喝するのである。

と、同時に、本書は「日本語」の読解力や表現に対する示唆も貴重なのだが、たとえば話題の**❷新井紀子『AI vs. 教科書が読めない子どもたち』**と併せて読むと、さらに愕然。人工知能（AI）「東大ロボ」プロジェクトを進める著者曰く、シンギュラリティ（AIが人類を超える転換点）は来ない、AIが人間を超えることは当分ない。その心強い断言に、仕事をAIに奪われなくて良かったー、とひとまずは安心。だが、問題は、統計と確率のみのAIではできない仕事を、人間ができなくなっている、というのである。ズバリ数式化不能の意味の理解や読む、書く、ができない中高生が圧倒的に多くなっているということだ。つまりは、「云々《うんぬん》」を「デンデン」と読む首相の政策を、疑いもせず「いいね！」してしまう可能性があるということか。怖ろしかー。

その点、今回史上最年少で七段となった棋士・藤井聡太君のボキャブラリーと表現力は頼もしい。彼の天才棋風をどう描いただろうと思うのが、**❸坂口安吾『勝負師』**。昭和を代表する名棋士たちの命懸けの闘いを観戦しながら、人間と時代、日本のあり方の本質、その奥の奥まで活写した安吾の、将棋・囲碁作品集。血湧き、肉躍り、そして、深々と唸る。

❶武田砂鉄『日本の気配』（晶文社）……長期政権の秘訣はコレ。
❷新井紀子『AI vs. 教科書が読めない子どもたち』（東洋経済新報社）……デキの悪い教科書もあるが。
❸坂口安吾『勝負師』（中公文庫）……私の場合、「堕落」へと香車が。

◎6・3掲載▼亡父の四十二回忌近し。酒癖等々似てきたなあ。◎6・12▼トランプ米大統領と金正恩朝鮮労働党委員長、シンガポールで初の米朝首脳会談。

人生の貴重な教科書

太宰治／kotoba／谷崎潤一郎

いざ、佐渡島へ――。

仕事がらみでもあったが、新潟市出身の私としては、馴染みの地ではある。だが、訪れるたび、長き歴史の沈澱する神秘的な磁場に、いささか享楽主義の吾輩でも厳粛な想いを抱くのである。

その佐渡に船で向かう時にきまって思い出すのが、**太宰治**なのだ。彼は佐渡行きの船に乗っておきながら、次第に見えてくる大きな島影に驚き、隣の船客に「あの島は、なんという島ですか？」と聞こうとしたというのである。

「なんて、おかしな男だ！」と嬉しくなるが、もっと奇天烈な姿を見せてくれるのが、❶**『太宰治の手紙―返事は必ず必ず要りません』**。師匠井伏鱒二《いぶせますじ》をはじめ、作家木山捷平《きやましょうへい》や、自分の内縁の妻と姦通した男、多くの友人たちに送った、戦前の百通の書簡である。

本書副題の「返事は必ず必ず要りません」は、同人の今官一《こんかんいち》宛ての手紙から取ったものだが、おそるべき甘え方ではないか。読み手を二重拘束に陥らせる。

「僕、芥川賞らしい」とウキウキ知人に送り、落選。「死にたい、死にたい心を叱り叱り、一日一日を生きて居ります」「ふざけたことに使うお金ではございません。たのみます」と借金の願い。「こりゃ、ダメだわ」、と思うのだが、小説論となると、さすが文士！　抱腹絶倒の人生の教科書。

あんなもの遺しておくんじゃなかったと、草葉の陰から聞こえてくるのは、手紙だけでなく日記も発見された偉人たちの声か。

❷集英社クオータリー『ｋｏｔｏｂａ』2018年夏号の特集が、「日記を読む、日記を書く。」。荷風《かふう》、漱石、熊楠《くまぐす》、アンネ・フランク、ベートーベン……。心の地下室に閉じこもり鍵をかけて書いていたもの、それを読む罪悪感と快楽。鹿島茂さんが紹介している、フランスの女流作家アナイス・ニンの日記など、うーん、ここでは書けぬ。書きたいが、書けぬ。何か、から、何か、が迸《ほとばし》るほど凄い、何か、があったらしい。
イラストレーターのみうらじゅんさんは、見られるのを前提に、「盛った日記」を書い

ていたというが、ご存じ、❸谷崎潤一郎『鍵・瘋癲《ふうてん》老人日記』の「鍵」は、夫婦がそれぞれ秘密の性的日記をつけているのだが、互いに見られることを前提に書いているというもの。「瘋癲老人」とともに変態指数の高さは、ダントツ。

人のことは言えないか。いまのうち処分せねば……。

いや、国だけは個人的メモでも、必ず必ず破棄しちゃいけません！

❶『太宰治の手紙—返事は必ず必ず要りません』（小山清編、河出文庫）……手紙も「失格」、これぞダザイズム。

❷集英社クオータリー『kotoba』2018年夏号（集英社）……日記など遺さねば良かった。

❸谷崎潤一郎『鍵・瘋癲老人日記』（新潮文庫）……読むたびに勇気。変態上等！

◎7・1掲載▼暑くなってきても燗酒。これ、健康長寿の秘薬なり。◎7・6▼オウム真理教事件死刑囚7人の刑執行、26日には残り全員の刑執行。同日、米中通商紛争激化。

ハンパない面白さ

横溝正史／長谷川郁夫／新保祐司

連日の酷暑。朦朧としてニュースを見れば、被災地のことは二の次か。参院定数六増、カジノ法案成立ときた。腐りきった悪政に怒り、呆れ、もはや世事から離れたく、蔵の中へ──。といっても、腹の立つように家蔵建たぬ、であるから、小説「蔵の中」へ、である。

❶『怪奇探偵小説傑作選2　横溝正史集』。ひょっとして以前にも本欄で取り上げたか。なにせ、事あるごとに手に取っては陶然。世を遮断して「蔵の中」に忍び込めば、肺病の美しき姉と彼女を慕う弟の、淫靡かつ濃密な関係が。さらに、近所に住む愛人関係の男女がからんでくる。

怪異、倒錯、耽美、官能……。横溝初期の最高傑作「鬼火」など、鳥肌を立て、息を詰めるように頁を繰るうち、「終わってくれるな、終わってくれるな」と淫楽の底なし沼に引きずり込まれるかのよう。まして物語以前にその描写が！「迴《はる》か彼方の入り江の汀《みぎわ》には、洗髪《あらいがみ》の女が水鏡をしているように首うなだれた、美しい楊柳《やなぎ》の並み木」などと書かれたら、もうお手上げだ。

横溝は「新青年」「文芸倶楽部」などの編集長を務めたこともあるが、編集者は時代と社会の神経である。作家もまた然り。**❷長谷川郁夫『編集者　漱石』**は、「え？　こんな角度から！」の驚きのアプローチ。夏目漱石がじつは日本近代文学史上、最初かつ最高の編集者だったという視点から、明治・大正時代に沸騰した才能の数々を描き出した。

若い頃からの親友正岡子規との手紙のやりとりなど、超愉快かつ超大真面目。文学への夢と理想に燃えた二人の情熱が、やがては寺田寅彦、鈴木三重吉、中勘助、野上彌生子《やえこ》、志賀直哉などの作家を登場させるのだ。厖大な資料渉猟。学術的にも貴重な本書だが、映画やドラマにもしてみたいほどの面白さ。明治人も、ハンパないって！

その時代から生まれた「怪物」「化物」を読み解き、日本近代を捉えなおしたのが、**❸新保祐司『異形の明治』**。漱石はもちろん、山田風太郎、服部之総《しそう》、池辺三山《さんざん》等々の著作から「明治初年」、つまり元年から十年くらいまでの混沌とした「明治の精神」に潜り込んだ。江戸から明治へ。光をものみ込む時代の「黒暗淵《やみわだ》」は、強烈なエネルギーと可能性のるつぼであることを発見。それを新たなルートで現代につないで生かすのである。化けの皮、はがれまくりの政治家センセイ方、明治を学び直したら如何《いかが》。

❶『怪奇探偵小説傑作選2　横溝正史集』（日下三蔵編、ちくま文庫）……ゾクゾクドキドキ、快楽のワキ汗必至。
❷長谷川郁夫『編集者　漱石』（新潮社）……生身の人間を編集する凄ワザ。
❸新保祐司『異形の明治』（藤原書店）……思想の闇鍋で怪物は育つ。

◎8・5掲載▼世間の子供たちは夏休みかあ。ちゃんと「絵日記」書くから休み頂戴！　**◎8・24▼**「首都大学東京」の名称を2020年に「東京都立大学」へ戻すと小池都知事が発表。

権力に翻弄される生

三田誠広／飯島和一／帚木蓬生

なんですと？　自民党総裁選に向けての公開討論について、拒否するような「逃げ恥」作戦の構えを見せている首相。開いた口が塞がらぬ。あたかも総裁選は国民に無関係と言っているようではないか。まったく、いつの時代も、権力者というのは奇天烈な精神構造をしているものだ。

❶三田誠広『白村江《はくすきのえ》の戦い　天智天皇の野望』は、天智二年（六六三年）、なぜ中大兄皇子《なかのおおえのおおじ》（天智天皇）が、負けると分かっている無謀な戦をしたのかを軸に、時の権力者たちの野望について描いた時代小説。派兵要請した百済の王子に倭国の冠位を授け、属国としようとした冊封戦略と、唐に倭国の軍事力を少しでも見せようとしたがために、倭人の血が白村江の海を真っ赤に染めたのである。錯綜する権謀術数と欲望と運命。必死に生きる民

にとっては地獄である。

強大なる権力者が日本中を翻弄し、家臣や民をなでぎり、地獄に突き落とした典型が、豊臣秀吉による二度の朝鮮出兵であろう。❷飯島和一《かずいち》『星夜航行《せいやこうこう》』㊤㊦。いやー、凄い！ 凄い！ 凄い！ 上下合わせて千百頁。登場人物の数も、トルストイの『戦争と平和』をしのぐのではないかという巨編。

徳川三郎信康の小姓衆の一人、沢瀬甚五郎を主人公とするが、秀吉の明国征伐、明皇帝に代わって世界に冊封体制を及ぼそうとした野心に巻き込まれていく。日本と朝鮮と明の人々が、生きる、戦う、泣く、叫ぶ、死ぬ。秀吉の暴挙に抗し、講和に持っていこうとする小西行長の策略がさらに裏目に出て、最も犠牲を強いられてしまうのが一般の民なのである。史実に基づき士農工商の群衆のうごめきを追う迫真の筆致と想像力は、やがて人間なる生のどうにもならぬ宿命を浮かび上がらせる。作中に何度か出てくるフレーズ「いずれの行もおよびがたき身なれば、とても地獄は一定《いちじょう》のすみかぞかし」（「歎異抄《たんにしょう》」）に、腹の底が震えるのだ。

この地獄においても信仰を捨てず、黙々と生き抜き続けた隠れキリシタンを描いたのが、❸帚木蓬生《ははきぎほうせい》『守教《しゅきょう》』㊤㊦。『星夜航行』でも出てきたキリシタン。心から信仰し、慈愛を守り続けた九州の村民の生きざまを詳細に描いた落涙必至の、これまた傑作の大長編。殉教、拷問、密告、転び……。人間の生は「いずれの行もおよびがたき」、であるが、この世を地獄にしたのは民ではない。無辜《むこ》の民を無視した権力者にある。「逃げ恥」政治家がいる現代にこそ、真に「役に立つ」歴史小説の三作。

❶三田誠広『白村江の戦い　天智天皇の野望』（河出書房新社）……「野望」なる魔物と地獄。
❷飯島和一『星夜航行』㊤㊦（新潮社）……大部の上下二冊があっという間。
❸帚木蓬生『守教』㊤㊦（新潮社）……神よ、国よ、民の想いは届いているか。

◎9・2掲載▼口あんぐり。暑さのせい？　いえいえ、連日のハレンチ政権に。◎9・9▼第1回公認心理師国家資格試験実施。

自省なき国家の行方

白井聡／保阪正康／ノーマン・オーラー

悶々というか、鬱々というか。もう寝込んでしまいそうである。少し前の「排除」、今回の「生産性」という言葉。人に対して遣うものではなかろうに。子供たちが聞いたら、一体、どうする？　「ぼくは、わたしは、生産性の結果なの？」。さらに、虫を観察したり、宇宙について考えたり、きれいな花にうっとりしたりするのは、生産性がないことだから、ダメなの？　となる。民主主義って？　生産性って？　未来の日本を想って暗澹たる気持ちになるではないか。

だが、たとえば戦後民主主義の、この危機的状況に警鐘を鳴らしたのが、今上天皇だという見方がある。❶**白井聡**《さとし》**『国体論　菊と星条旗』**は、「生前退位」のビデオメッセージを、「天皇による天皇制批判」と見るのだ。

現在死語となっているかのような日本の「国体」が、じつはアメリカを頂点とした八紘《はっこう》一宇《いちう》として機能し続けている。その事態に対して、いわゆる「お言葉」は、危機を表明したものであると解釈。「積極的平和主義」は究極、米国流平和主義である「戦争をすることを通じた安全確保」であり、国民の犠牲など無視し没落へと突き進んでいるのが、この現代日本だと。

震えながらも然り、とうなずき、❷**保阪正康『昭和の怪物　七つの謎』**を繰れば、昭和の恐ろしき闇の実態が露わ。無謀な戦争に突入した背景が、生の証言の数々からリアルに浮き上がってくるのだ。

まず軍人首相・東條英機。秘書官などの証言から見えてきたものは……。何が何でも負けはない、突き進め、と日本を悲惨な地獄に陥れた男は、「精神論が好き」「妥協は敗北」「事実誤認は当たり前」だった。つまり、「自省がない」。なにやら現首相と似ているではないか。自省なき国家の行き着く先は、存亡の危機である。石原莞爾《かんじ》、犬養毅、吉田茂など軍人・政治家を緻密に検証しながら、日本の未来を考える。

「没落を運命づけられた政治システムは、本能的にこの没落を早めるようなことを多々行うものである」というサルトルの言葉がエピグラフとなっている本、❸**ノーマン・オー**

ラー『ヒトラーとドラッグ—第三帝国における薬物依存』。ヒトラーに主治医モレルが処方し続けた「ペルビチン」なる薬が、人類を最悪の悲劇へと向かわせた驚愕の事実に唖然。「錠剤の形をしたナチズム」は、現代日本と無関係か？　いや、ドラッグは空気の中にあるかも知れぬ。

---

❶白井聡『国体論　菊と星条旗』（集英社新書）……「お言葉」の真意が明らかに。
❷保阪正康『昭和の怪物　七つの謎』（講談社現代新書）……怪物の好物を吟味。
❸ノーマン・オイラー『ヒトラーとドラッグ—第三帝国における薬物依存』（須藤正美訳、白水社）……「ダメ、ゼッタイ」。

◎10・7掲載▼茂れる宿のさみしきに。人こそ見えね秋の来て。◎10・6▼築地市場が営業終了、豊洲市場へ移転。同20日、トランプ米大統領、ＩＮＦ全廃条約の破棄表明。

息苦しさを穿つ思考

若林正恭／岡和田晃／黒鉄ヒロシ

「月みれば　千々に物こそ　悲しけれ　我が身ひとつの　秋にはあらねど」……。大江千里《おおえのちさと》の歌など想い、魂の黄昏におちいるアラ還。気色悪い話ではあるが、仕方がないのだ、この季節。さすがに、「我が身ひとつ」とは思わぬが、ちょっと昔、もののあはれに沈んでいて、当時小学生だった息子に「一生思春期」と言われ、しばらく立ち直れなかったことがあったなあ。

ふと、侘び寂びた気分で見やれば、**❶若林正恭《まさやす》『ナナメの夕暮れ』**。おう！　お笑いコンビ、オードリーの才気、キューバへの紀行エッセイ『表参道のセレブ犬とカバーニャ要塞の野良犬』で斎藤茂太賞受賞の若林さんではないか！

タイトルににんまりして、読み進めたら、「我が身ひとつ」ともいえる自意識にさいなまれていた若さから、「おじさん」になった今の心情を、ディープに綴っていて感動。尖りに尖ったギャグのゲリラ兵のような男が、大人へと陽転していく、その容赦なき自己観察は、エッセイというより、もう第一級の文学。沁みる。唸る。涙が出る。文芸や表現の原点がここに！

若林さんは現代日本の新自由主義から離れてみたくて、キューバへと小旅行をしたが、この効率性、生産性、拝金主義の貧しきネオリベラリズムの状況を、文芸批評の立場から鋭く問うたのが、**❷岡和田晃《おかわだあきら》『反ヘイト・反新自由主義の批評精神　いま読まれるべき〈文学〉とは何か』**。

SNSなどで「極右」や「スピリチュアル」な言説が、いつのまにか同調圧力となり差別を生んでいく構造を、個々の文学作品から剔抉《てっけつ》し、この時代において真に考えるとは何かを提起。息苦しい現代の知的風土を穿つ批評の力が、ここにある。必読。

財力やら権力やら持たぬ身にとっては、巧言だらけのネオリベ国家の政策など、千々に悲しけれ。台風、豪雨、地震などの自然の猛威にやられたら、ひとたまりもない。と、ここでとてつもない傑作漫画、**❸黒鉄《くろがね》ヒロシ『Ten Pen Tea　天変地異』**。

うわぁ、すごいタッチ！　すごい発想！　卑弥呼、不死山《ふじさん》、本能寺。天正の大地震に、伏見地震。桜田門外、「雨ニモマケズ」……。日本史の謎を天変地異から解き明かし、さらにはラストの「妙法」で、一休禅師と良寛が宇宙哲学の真理を語るのである。
これ、店頭で頁を開いたら、もう最後まで読まずにいられない。やめられない。秘蔵したくなる、コペルニクス的転回の奇書中の奇書。

---

❶若林正恭『ナナメの夕暮れ』（文藝春秋）……お笑いの天才による「方丈記」。
❷岡和田晃『反ヘイト・反新自由主義の批評精神　いま読まれるべき〈文学〉とは何か』（寿郎社）……この強度、この熱量が時代を変える。
❸黒鉄ヒロシ『Ten Pen Tea　天変地異』（PHP研究所）……驚天動地ノ黒鉄史観ニ我卒倒ス。

◎11・4**掲載**▼村上春樹さんが母校に資料寄贈かあ。ワシのも誰か貰ってくれんかなあ。要らんわなあ。
◎11・19▼日産自動車カルロス・ゴーン会長逮捕。

「にっほん」の話か？　「日本」の話か？

笠野頼子／川内有緒／山野辺太郎

新米のうまい季節ですなあ。中性脂肪は、はるかに基準値オーバー。「まあ、いいか」とむさぼりつつも、ふと、この米を作ってくれる農家の方々を想って、一瞬、箸が止まるのだ。例の環太平洋連携協定（ＴＰＰ）批准やら紛争解決手続き（ＩＳＤＳ）条項、種子法など、一体どうなる？　一般国民にも当然響く。お国が現在・未来の国民を守ろうとしているとは、到底思えないのだ。

❶**笠野《しょうの》頼子『ウラミズモ奴隷選挙』**の「痴漢国家・にっほん」は、「民を売り飛ばしたい、領土ごと邪魔なものはくれてやりたい、でも、金は残したい。しかしその金も大国に奪われる時は、無抵抗」。世界企業の植民地となった奴隷大国なのである。これ、ディストピア（絶望郷）小説だが、どう読んでも今現在の国としか思えぬ。そして、破廉恥国

「にっほん」から独立した女性だけの国「ウラミズモ」は、TPPなど、国民無視の政策を良しとした男どもに、天誅の数々を下すのである。怖い、だが、痛快。つまりは、「にっほん」という権力に抵抗を試みる、希望の書でもあるからだ。

「にっほん」ではなく、日本、には素晴らしい人々もいる。❷**川内有緒《ありお》『空をゆく巨人』**。第十六回開高健ノンフィクション賞受賞の本作、現代美術のスター・蔡國強《さいこっきょう》と、福島いわきの一人のおっちゃん・志賀の交友を通し、奇蹟のような世界的アートを実現していく物語。無名、有名にかかわらず、一人の人間が大事にしている未来への想いと情熱が、仲間たちを呼び、世界の人々へとつながっていく豊饒なスケール感に圧倒され、感涙。この、いわきのおっちゃんの進めている「万本桜プロジェクト」、二百五十年かかるというが、未来への希望こそが、文化やアートそのものなのだ。

途方もないスケールといえば、❸**山野辺太郎『いつか深い穴に落ちるまで』**。日本から穴を掘ってブラジルまで通すというプロジェクトを描いた、第五十五回「文藝賞」受賞作。つまり、小説。「なんだ、虚構か」ではない。最も距離が短いからとの理由で、温泉の要領で掘削するという物語は、当然、「?」であろう。だが、カフカ的ともいえる筆致でマニアックにつづられる小説の深みに潜りこんでいくうち、「穴」とは何だったのか、と自らの深層意識の方に穴を穿《うが》たれるのである。同時受賞の日上秀之《ひかみ》『はんぷくするもの』も、何も起こらぬ中に、日常に潜む恐怖がじわり。「にっほん」の話か、「日本」の話か。

❶**笙野頼子『ウラミズモ奴隷戦争』**（河出書房新社）……現政権も震え上がるぞ、笙野節！
❷**川内有緒『空をゆく巨人』**（集英社）……地球など狭い、狭い。人こそデカい。
❸**山野辺太郎『いつか深い穴に落ちるまで』**（河出書房新社）……大真面目な途方もなさ。世界初の穴掘り小説。

◎12・2掲載▼中性脂肪値が500を超えるって、やはり、高いですか？　◎12・26▼日本、国際捕鯨委員会から脱退。同31日、アメリカがユネスコから脱退。

2 0 1 9 年

初読みに悪夢の福袋？

芥川龍之介／高岡修／辻原登

仕事始めの、このブルーな気分ったら……。新年早々、かような憂鬱を抱えるのも歳のせいであろうか。

正月を迎えるたびに思い出すのは、芥川龍之介の俳句「元日や手を洗ひをる夕ごころ」。新しい年の始まりではあるが、夕方になり、しみじみと日常に戻ってしまう寂寥感が出ているではないか。当たり前だが、某《それがし》など洗った綺麗な手で、いそいそと開けるお年玉のポチ袋もなし。

よし、ならば、二〇一九年一冊目は、文豪**芥川龍之介**先生の❶**『河童・或阿呆の一生』**といこうではありませんか。どれも名短篇が収められているが、中でも「蜃気楼」。

夜の海に出かけて、波打ち際でマッチを擦るシーンがあるのだが、「やあ、気味が悪いなあ。土左衛門の足かと思った」との科白。砂に埋もれた遊泳靴の片っぽが、マッチの炎の明かりで照らし出されて、一瞬そう見えたのである。これこそ、文学の鍵。つまりは、人間の深層の底でマッチを擦って見た時の風景を描かねば！　と、お年玉の貰えぬ私は、その教示に有難い気持ちになるのだ。

芥川先生は名句を多く遺しているが、現代の俳人はどうか。私が秘匿し、誰にも見せてはならぬと思っていたインスピレーションの一つ。といいながらも、我が身を顧みず解説なんぞをはしたなくも書かせていただいた**❷現代俳句文庫76『高岡修句集』**。〈春山へ斧の動悸を持ってゆく〉〈部屋に鍵かけて未遂の滝となる〉〈花舗のくらがり亡命の白鳥を犯し〉」等々、近代言語の光学や座標を破壊する俳人の句に驚愕して、ひっくり返りそうになる。五秒に一回は、驚天動地。お屠蘇気分のところに不意打ちを喰らう。

と来て、こうつなぐしかあるまい。**❸辻原登『不意撃ち』**。無事に定年を迎えた男に、ある密かな欲望が芽生えて都会の中で隠棲を企む「月も隈《くま》なきは」、失踪した風俗嬢を追う男が、日常の間隙に広がるエロスの異空間に遭遇する「渡鹿野《わたかの》」、東北大震災の津波の映像をテレビで見ていて、「出番が来たんちがう？」と犯罪へと走る「仮面」他、現代の文豪が綴る全五篇の作品集。人生とは、運命の悪意による不意打ちなのか。大人の小説に溜息漏らし、たじろぎ、悶々とするのだ。

一富士二鷹三茄子《なすび》の初夢とは縁遠い、悪夢の福袋三冊？　いえいえ、だからこそ、人間面白い！　のディープな縁起物なのであります。

❶芥川龍之介『河童・或阿呆の一生』（新潮文庫）……芥川の描く河童の絵も飄逸なり。
❷現代俳句文庫76『高岡修句集』（ふらんす堂）……奇蹟の十七文字（音）に心の景色激変。
❸辻原登『不意撃ち』（河出書房新社）……「打ち」でも「討ち」でもない、「撃ち」が肝要。

◎1・6掲載▼もうすぐ還暦か。駄々をこねても、癇癪起こしても、それゆえ還暦。◎1・24▼総務省が国の基幹統計で不適切処理があったことを発表。

人の業とは　正義とは

馬場あき子／斎藤美奈子／吉田広明

通常国会では、節分の豆まきはやらんのかいな。まあ、あそこは、季節は問わないか。鬼のお面をつける必要もなき「国会追儺《ついな》中継」の凄惨な光景を、リアルに想像してしまうわが心もまた、おぞまし。百鬼夜行《ひゃっきやぎょう》の妄想に頭を振り、自らの邪念をお祓いする意味でも、ここは名著中の名著からまいりましょう。

❶馬場あき子『鬼の研究』。能をやる方々なら必読の書として有名だが、いや、もうこの古典の枠に裏打ちされた魂の哲学は、不朽。AI時代に読んでも唸るはず。『伊勢物語』『今昔物語』などの古典文学はもちろん、王朝時代から中世までの芸能、歴史を渉猟して、「鬼」の正体を探りながら、「鬼」にならざるをえなかった人間の宿業《しゅくごう》と悲しみを描き出すのである。

その筆致は、時代と社会と人間の暗部にうごめく、情念と鬼哭《きこく》を鎮魂するかのよう。刊行されて四十八年も経つというのに、読むたびに現代の闇に息を潜ませている鬼、つまりは、自らの心の中の鬼を想ってしまうのである。

時代の底にある磁場は、また他の表象にもあらわれる。**❷斎藤美奈子『日本の同時代小説』**は、この五十年間の純文学、エンターテインメント、ノンフィクション、さらにはケータイ小説までを網羅して、「自分の生きている時代の性格」を焙り出した。「政治の季節」が終焉した一九六〇年代から「震災以後」の現在まで、厖大な作品群を扱っているのに、これ、新書一冊。かつ軽妙。その驚嘆の手際に瞠目しつつ、時代の深層をじわじわと明らかにする分析に脱帽である。これからの文学のあり方を通して、生き方を問う書でもあるのだ。

世界を翻弄する彼《か》の国の心性は、いかなりや。浅き歴史ゆえにWASP《ワスプ》（アングロサクソン系でプロテスタントの白人）の遺伝子に拘泥するアメリカを、西部劇から解読した畏るべき書、**❸吉田広明『西部劇論 その誕生から終焉まで』**に、これまた驚き。ジンネマン監督の『真昼の決闘』から始まり、西部劇に引導を渡したクリント・イーストウッドの『許されざる者』まで六百七十作品を、丹念に解析したのである。

正義とは何か。ガンマンの境位とは？　暴力と伝説の不条理な増殖を焦点化し、西部劇の根拠自体を真摯に問うたのがイーストウッドだとするが、著者の真摯さも然り。西部劇的ガンマンの臨界点を浮上させた本書、映画を超えてアメリカの未知が見えてくる。

❶馬場あき子『鬼の研究』（ちくま文庫）……鬼が出るか、蛇が出るか、二〇一九年。
❷斎藤美奈子『日本の同時代小説』（岩波新書）……小説とは、ただただ人間の謂いである。
❸吉田広明『西部劇論　その誕生から終焉まで』（作品社）……ツイート乱射のトランプにこそ読ませたい。

◎2・3掲載▼「信頼回復に全力」というギャグ。鬼が笑おう。◎2・14▼名護市辺野古埋め立てを問う沖縄県民投票の告示。24日開票、埋め立て反対が72％。

平成　なんと忙しき世

宝泉薫／藤原正彦／佐伯啓思

還暦か。この半分の三十年をつれづれなるままに回顧したれば、平成のなんと忙《せわ》しき世であったことか。金融ビッグバンから規制緩和、リストラ、郵政改革、消費増税、TPP（環太平洋連携協定）……と、あれやこれや更新され過ぎて、ついていけず、隠棲したい気分なのである。

ふと、そんな時、「あれは、一体、何だったのだろう……?」と脳裏を過《よぎ》る影。「アハッ!」と笑い、直後しみじみした想いに捉われる。いわゆる、一発屋芸人さんたちのギャグ。

❶宝泉《ほうせん》薫『平成「一発屋」見聞録』によれば、「一発屋の商品化」というのは、その芸人さんにとって両刃《もろは》の剣《つるぎ》だという。「一発屋を名乗って生き残ることが正当化されると同

時に、一発屋という存在の劇的であいまいな魅力がそこなわれて」しまうからだ。

ウケるウケないのジレンマを、全存在をかけて一瞬だけ燃焼させる、なんとも無常感を象徴するようではないか。芸人、アイドル、ミュージシャンなどを通して、平成という世間の無意識をあぶり出す一冊。「一発屋」は、成果主義にまみれた新自由主義の鬼子でもある。

この大衆文化がじつは今こそ重要であると説くのが、**❷藤原正彦『国家と教養』**。実体験や大衆文化による情緒があってこそ、知識に生が吹き込まれ、真の教養になると。市場原理主義なるグローバル・スタンダードに日本は躍起になっているが、これ、すべて米国が「年次改革要望書」や「日米投資イニシアティブ報告書」として日本に突きつけたもの。

かような時代だからこそ、民主主義を支える日本の大衆が騙され、真の教養を失ったら、最悪のリーダーを選ぶことになる。つまりは、あのナチズムと同じ事態を招くと警鐘を鳴らすのだ。人間と現実世界を洞察する、知情意のバランス感覚。還暦男も、まだまだ勉強！

右でも左でもなく、また部分的には右でも左でもある、というバランスと深き教養で、時代と社会の深層を捉えたのが、**❸佐伯啓思《けいし》『異論のススメ　正論のススメ』**。朝日新聞と産経新聞という論調が対極の二紙に連載したコラムだからこそ、冷静に状況が見えてくる。

「現代文明の没落　貨幣で思考、衰える文化」「エリート・漱石の苦悩　西洋的理論がもたらす分断」「古典軽視　大学改革の弊害」……この平成という時代の原理が浮き彫り。知情意のためのヒントがワンサカなのだ。

❶宝泉薫『平成「一発屋」見聞録』（言視舎）……戦略的「驕れる者久しからず」の逆襲。
❷藤原正彦『国家と教養』（新潮新書）……これこそ万民必読の教科書。
❸佐伯啓思『異論のススメ　正論のススメ』（A＆F）……時代社会のリアルな経緯線！

◎3・3掲載▼これは諸国一見の物書きにて候。能の謡・仕舞稽古を始めて候。◎3・21▼マリナーズのイチロー選手が現役引退を表明。

令和時代に考える慈悲

守中高明／若松英輔／柳宗悦

初めて国書から採られた元号「令和」。その日本最古の歌集「万葉集」は、天皇から防《さき》人《もり》まであらゆる階層の人々の歌を集めたものだ。つまりは、日本の心そのもの。「美しく心を寄せ合う中で、文化が生まれ育つ」とは総理の言葉だが、エイプリルフール？　いやいや、ならば、人の心に土砂を投入するようなことはすまい。少しは情愛のある時代になってほしいことであるよ。

❶守中高明『他力《たりき》の哲学　赦《ゆる》し・ほどこし・往生《おうじょう》』は、「南無阿弥陀仏」の称名のみを唱えるだけで仏の大慈悲によって救われるとした、法然、親鸞、一遍の強靭なる思想を解く。「自力」などという小さなものではなく、無限の包摂力を持った阿弥陀の救済力＝「他力」に、自らの実存そのものを預け切る無私の覚悟。ひたすら「南無阿弥陀仏」とい

う念仏になった時、「主体化されざる情動の集合」が世界となり、人間の社会的属性などまったく問われぬ「大慈悲」の革命が起きるのである。「令和」においてこそ、重要かつ感動の哲学。

❷若松英輔『石牟礼《いしむれ》道子　苦海《くがい》浄土～悲しみのなかの真実』もまた、民衆のための慈悲。水俣病の苦悩と悲しみを描いた作家石牟礼道子は、「南無阿弥陀仏」と唱える声さえ奪われた犠牲者たちにこそ、むしろ豊かな叡知が潜んでいることを発見した。語らざる者たちの声をこころに映し、言葉にして世に顕現させた石牟礼文学は、時代、歴史、自然、さらには亡き者たちともつながりを持たせる。『苦海浄土』や『椿の海の記』を魂で読んでいくかのような若松の文章もまた、真の文学そのものだ。

公害をもたらした近代産業、そして、原発事故をはじめ、経済効率優先主義が跋扈する現在、必読の書。ＮＨＫ「１００分de名著」ブックスの、リーダブルな一冊にもかかわらず、人生を変えるほどの力を持つ。

衆生のために日本中を廻国《かいこく》しながら千躰以上の仏像を彫った江戸時代後期の木喰《もくじき》、そして民衆から生まれた芸術に真の美を見いだした**柳宗悦《やなぎむねよし》**。その奇跡の邂逅を示すのが、**❸『木喰上人《しょうにん》』**。あの丸っこくて柔和な「微笑仏」は、やはり慈悲そのもの。わが故郷越後は木喰仏の宝庫で、私も抱きかかえたことがある。すでにお顔がこすれていたのだが、村の子供たちが橇《そり》にして遊んでいたせいとか。さぞかし、上人も嬉しかろう。柳宗悦の「民藝運動」の礎となった画期的一冊。

---

❶**守中高明『他力の哲学　赦し・ほどこし・往生』**（河出書房新社）……涙して読んだ大慈悲の思想。
❷**若松英輔『石牟礼道子　苦海浄土〜悲しみのなかの真実』**（NHK出版）……魂に沁みる語らざる者の声。
❸**柳宗悦『木喰上人』**（講談社文芸文庫）……みな人の心を丸くまんまるに。

◎4・7掲載▼新学期はなぜ四月から？　まあ、他の月でも嫌なのですが。◎4・15▼パリのノートルダム大聖堂で火災。同30日、平成天皇が退位、上皇となる。

自分流で時代を泳ごう

鷲田清一／又吉直樹・武田砂鉄／茨木のり子

令和最初の鯉のぼり。子供らの、口を開けて空を見上げる姿が微笑ましい。いい風をはらんで悠々と泳ぐ鯉のぼりもあれば、雨に濡れそぼつ鯉のぼりもあり、風の吹かない時もあろう。だが、それでも、子供たちには自らの泳ぎ方で、この時代を生き抜いてほしいではないか。

❶**鷲田清一**《わしだきよかず》**『濃霧の中の方向感覚』**は、危機とイノベーション（技術革新）という強迫に翻弄される現在を、いかに見据え、考えていくかのヒント満載の本。世界の複雑性の増大に耐えうる知的体力と方向感覚、そして確かな言葉を摑んでいく方法を探るのだ。

拝金主義に騙される「消費者」ではなく、生存の知恵とわざが世代を超えて伝承されるコミュニティの「生活者」の視点が大事とも。その中には「死者や未来世代という不在の人たちの存在」も、もちろん含む。それこそが民主主義。未来への地図を提示するというよりも、地図の紙自体の質を変えるような思索の数々は、「なるほど！」の連続。

対話は「不可解なものに身を開くこと」と、この臨床哲学者は書いているが、まさに不可解・不可思議、だからこそ思索の可能性をたっぷり感じさせてくれるのが、**❷又吉直樹・武田砂鉄『往復書簡　無目的な思索の応答』**。日常が断崖のごとく思えるほど、鋭敏な感受性の肉球で歩く「孤独な散歩者の夢想」（ルソー）。

「不確かなものを凝視する時にも暗闇は役立ちます」（又吉）とくれば、「あやふやな心の中を泳いでいる雑念に付き合ってくれるのは、光の部分ではなく闇」（武田）。

五百円をカツアゲされた話や台湾の繁華街にある「マッサーヅ」「マッサージ」の看板文字などに抱腹絶倒しながら、「都合の良い接続」だけの評論家的思考とは対極の、「煮込んでいる思索」が充溢《じゅういつ》。日常は面白さと不可解の煮込みでできているのだ。

武田さんが、「自分の感受性くらい／自分で守れ／ばかものよ」という**茨木《いばらぎ》のり子**の詩の一節をあげていたが、よし、締めは、生前最後の詩集**❸『倚《よ》りかからず』**から。「もはや／できあいの思想には倚りかかりたくない／もはや／できあいの宗教には倚りかかりたくない／もはや／できあいの学問には倚りかかりたくない／もはや／いかなる権威にも倚りかかりたくはない／ながく生きて／心底学んだのはそれぐらい」。
この一節だけで、鯉のぼりも自由な風をはらんで、元気になるぞ！

❶鷲田清一『濃霧の中の方向感覚』（晶文社）……是非、迷える勇士の若者たちに！

❷又吉直樹・武田砂鉄『往復書簡　無目的な思索の応答』（朝日出版社）……脱力とは桎梏から逃れる強力なる術。

❸茨木のり子『倚りかからず』（ちくま文庫）……自らの言葉、自らの思想。杖などいらぬ。

◎5・5掲載▼「昭和」生まれというのは、すでに昔日の人か。いまだウィンドウズ7。◎5・1▼新天皇即位。平成から令和に改元。

世界の底で摑む真理

吉見俊哉／武田泰淳／平家物語

新入社員、新入生の皆さん、安心してくだされ。今年は大型連休の反動で、どうにも心身が重い、はず。いつも世間から乗り遅れる某《それがし》、生来の「五月病」プロとしては、季節にだらりと身を任せるのみ。それしかない。トランプ相撲観戦やゴルフ、居酒屋接待などの忠犬ぶりへの反応は色々なれど、さらに令和新札や五輪騒ぎに我々の平成の累積疲労が解消されるはずもない。

そう、これは内発的な鬱ではなく、外発的なものなのです。❶吉見俊哉《しゅんや》『平成時代』は、平成が「失敗」と「ショック」の三十年だったと緻密に解析。グローバル化とネット社会、少子高齢化が劇的に進むなか、戦後日本社会が作り上げてきたものが崩壊し、それを打開する試みのほとんどが失敗に終わった時代、それが平成であったと。というか、令和の今現在も。経済、政治、社会、文化の事象やデータをシビアに読み解きながら見えてくるのは、ディストピア（絶望郷）か。いや、希望も浮き上がってくるのだ、分岐点や反省・改善有効な余地が。これを見据えずして、未来はない。

　絶対不変の幸福などあるはずもないが、むしろ、「諸行無常だけが、人間の心を深くすることが出来る」とおっしゃるのが、小説『風媒花』、評論『司馬遷』の作家**武田泰淳**《たいじゅん》先生。❷**『評論集　滅亡について　他三十篇』**が、めっぽう面白く、突き抜けている。一兵士として中国上海で敗戦を迎えた時に、時代と世界の底の底まで下りて摑んだ真理を綴った表題作は、戦後文学の記念碑的作品。

「戦争によってある国が滅亡し消滅するのは、世界という生物の肉体のちょっとした消化作用であり、月経現象であり、あくびでさえある。世界の胎内で数個あるいは数十個の民族が争い、消滅しあうのは、世界にとっては、血液の循環をよくするための内臓運動にすぎない」と、過激な文章も。だが、読むにつれ、その滅亡を練って練って練った末に残る一縷のものから、人間の覚醒へとつなげる胆力はさすが！

　しおしおと五月病にうなだれて、❸**『平家物語　上巻』**を繰り、「祇園精舎の鐘の声諸行無常の響きあり」と吟じて、我が身とて風の前の塵と思うて悲しめども、泰淳先生の如く読めば――。これは腹の底にゴーゴーと風の吹きすさび、さらに人界の深き心のあるを覚えて、よくよく練らんとぞ思ふ。

❶吉見俊哉『平成時代』（岩波新書）……明解な「略年表」付き。

❷武田泰淳『評論集　滅亡について　他三十篇』（川西政明編、岩波文庫）……文豪の切腹的気迫に脱帽。

❸『平家物語　上巻』（佐藤謙三校注、角川ソフィア文庫）……日本人とは「無常」と見つけたり。

◎6・2掲載▼東京五輪チケット抽選開始だと？　やめとけ、やめとけ、復興もまだだというのに。**◎6・30**▼トランプ米大統領、板門店で金正恩朝鮮労働党委員長と面会、南北軍事境界線を越える。

人間のあるべき姿

富岡幸一郎／山折哲雄・柳美里／西平直

とてつもない出来事に襲われたとき。言語に絶する悲劇に見舞われたとき。「想定外」などという言葉を、誰が言い出したのか。なんとも自分には、専門分化した壁を作って無責任に逃げている言葉にしか思えないのだ。想定する、ということ自体が不遜ではないか。

❶富岡幸一郎『生命と直観─よみがえる今西錦司』は、この驕りと虚妄の時代において、今西の生物学が、新たな重要な光となることを示した。

自然の災害と文明の作り出した原子力が結びついて絶望的な厄災をもたらした「3・11」。専門家たちは「想定外」という言葉を繰り返すばかりだったが、つまりは、科学イデオロギーの破綻宣告である。今西からしたら「あかんやろッ」となる。人間も含めてすべての生物が、どれもこれも、みなひとしく「設計主」となって、自然はその体系化を完成させていたというのに、科学と経済主義が暴走した。その犠牲がわれわれ現代人なのだ。いかに、生きるか、考えるかをめぐる絶好の書。

その悲しみは人間だけのものではない。だから、言葉にできなくなる。❷**山折哲雄・柳《ゆう》美里《みり》『沈黙の作法』**は、「3・11」以降、いかに人間としてあるべきかを魂の次元から語り合った対談集。

「いつの日にか帰らん　山はあおき故郷《ふるさと》　水は清き故郷」（唱歌「故郷」）であるはずの地が、原発事故で汚染され、いつ帰れるのかも分からない。東日本大震災以降、福島・南相馬に移住した作家と、東北の地と関わりの深い宗教学者の心のこもった語りが、死者や自然に静かに寄り添うようだ。

そして、ときに沈黙する。沈黙は「言葉と言葉の断絶や溝ではなくて、言葉と言葉の梯子」（柳）、宗教は「『私』の周りにある何重もの囲いを取り去り、祈りによって沈黙と混ざり合う瞬間を体験させる」（山折）。一つ一つの言葉が万象を映した雫のように震え、留まり、滴る。そして、こちらの魂に深く沁み入ってくるのだ。

能の世阿弥ならば「沈黙」を「せぬところ」の一つとするか。何もしない。語らない。だが、内面は嵐のようかもしれず、また魂を澄まして万象の声を聴いているかもしれず。

❸西平直《ただし》『稽古の思想』は、日本独自の非言語的な「稽古」の位相を、知の地平へと解き放つ試み。世阿弥の知恵なども紹介されるが、これもまた、人間の心と身体、他者、世界をつなぐ叡智を提示した好著。読むべし。

❶富岡幸一郎『生命と直観―よみがえる今西錦司』(アーツアンドクラフツ)……以後これを踏まえぬと、あかんやろッ。
❷山折哲雄・柳美里『沈黙の作法』(河出書房新社)……祈りと慈しみの時、人は。
❸西平直『稽古の思想』(春秋社)……稽古は強かれ、情識(慢心)はなかれ。

◎7・28掲載▼この豪雨。異常気象ではなく、通常気象。誰がした? ◎7・18▼アニメ制作会社「京都アニメーション」が放火され、死傷者多数。

一瞬捉える歌のすごみ

古今和歌集／石川啄木／柴田錬三郎

お盆で故郷新潟に帰省した折。実家の仏壇下の棚をゴソゴソ整理していたら、なんと我が小一、二年生時の通知表が！

開いてびっくり。先生からの通信欄に「少しは友達や授業の邪魔をしなくなりました」「集中力がなく一つのことに長続きしません」……。還暦となった今さら、顔から火を出さぬともいいのに、火が出た。先生、皆さん、申し訳ありませんでした。で、何をしていたかというと、授業中は教室の後ろに一人立たされていたのである。しょぼーん。

「春の野に若菜つまむと来しものを散りかふ花に道はまどひぬ」（紀貫之）

幼い私も何かを学ぼうとしていたのか。だが、学校教育の面白くなさに立ち尽くし、惑い、道が分からなくなってしまったのである。❶『新版　古今和歌集』を繙《ひもと》けば、あな、我が心を歌うかのよう。平安人の心と変わらず、ますます四季折々のもののあはれに反応する齢《よわい》となりぬるが。

「花の色はうつりにけりないたづらにわが身世にふるながめせしまに」（小野小町）

むなしく年を取りし我が身なれど、若きあの頃――。学校に愛想を尽かした少年は、武道小僧となって柔道に明け暮れた。が、文学に目覚め始めた時に出合った一首に、度肝を抜かれることに。

「マチ擦れば二尺ばかりの明るさの中をよぎれる白き蛾のあり」（石川啄木）

これは！　勝新太郎の座頭市ならば、斬っている瞬間ではないか！　と武道青年は驚き、どこに行くにも、啄木の歌集か梶井基次郎の文庫をジーンズのポケットにねじ込むことになる。

❷**『新編　啄木歌集』**はどの頁を開いても胸を抉られる。有名な「はたらけどはたらけど猶《なほ》わが生活《くらし》楽にならざりぢつと手を見る」をはじめ、今になって心底、涙する歌ばかり。おかげで生活、楽にならざる純文学の作家になってしまったが、もののふの血は残りて、時にエンタメの極北、**柴田錬三郎**先生の文章に酔うのだ。

❸**『眠狂四郎殺法帖』**㊤㊦。転びバテレンと日本人女性との混血という出自を持った狂

四郎のニヒリズム。佐渡金銀山の不正をめぐる千変万化のストーリーと、冷えに冷えた刃筋の閃光。もうたまらぬ。

文庫解説がまたいいねえ。あ、某《それがし》であった。畏怖すべきシバレン先生の筆致を堪能。

❶『新版 古今和歌集』（高田祐彦訳注、角川ソフィア文庫）……四季折々の人の心に花の咲く。

❷『新編 啄木歌集』（久保田正文編、岩波文庫）……我が人生を誤らせた一冊。

❸柴田錬三郎『眠狂四郎殺法帖』㊤㊦（集英社文庫）……いかにして、かような太刀筋の百花繚乱。

◎8・25掲載▼「暑いー」と言わぬようにすれば、「あああ」の唸り声が。要は己の存在がうっとうしい。

◎8・2▼日本政府、輸出上の優遇措置を適用する「ホワイト国」から韓国を除外。

無意識の奥へ踏み込む

中沢新一／井筒俊彦／観世寿夫

どうなんかなあ。「早わかり」「図解」「チャート」などの、世に数多《あまた》ある勉強本。確かにタメにはなるが、要は事物や知識を並べて整理すること。これはいわゆる「ロゴス的知性」というやつだ。西洋の伝統的知性のあり方や今の日本の教育など典型。だが、日本や東洋には、それをしのぐ、とてつもなく深遠な知性があったのだ。

❶中沢新一『レンマ学』は、時間軸に沿った線形的な「ロゴス」的思考とはまったく違う、「直観によって事物をまるごと把握する」という「レンマ」的知性の可能性に挑んだ書物。

博物学者・南方熊楠《みなかたくまぐす》や仏教学者・鈴木大拙《だいせつ》が注目した「華厳経《けごんきょう》」の核心部へと入り込み、人間の無意識の底にある「阿頼耶識《あらやしき》」のさらに奥へと踏み込んでいく。そこに現われた風景とは！

現代数学、量子論から言語論、生命科学、脳科学まで、人工知能（ＡＩ）ではとても辿り着けない、人間の知性の真のあり方を提示した豊饒なる書物に、新たな未来の可能性を感じ、我が鈍き脳髄や心も大興奮。これは成果主義に汲々とする現在の世界と人間を、大変革するのではないか。

その華厳経の厖大なる知性に早くから気づいて、東洋思想の叡智の深さを提示し続けた**❷井筒俊彦『意識の形而上学―『大乗起信論』の哲学』**は、同**『意識と本質』**とともに必読の書。

「一即多、多即一」の宇宙論を持つ華厳経と、大乗仏教の中心教義である大乗起信論を元に、人間の未知なる知覚の扉を開く畏怖すべき書である。人工知能にヒーヒー言い、ロゴス的認識に慣れてしまった現代の我々にこそ、宇宙大で自己と世界を捉える思考法は、救いでもあり光でもあるのだ。

前三著は少しく難解ではあるが、「レンマ」や「大乗起信論」の思想を、芸能の分野で世間に表現したのが、たとえば世阿弥の能ではなかろうか。**❸観世寿夫《かんぜひさお》『心より心に伝ふる花』**は、「昭和の世阿弥」と言われた著者が、分かりやすく世阿弥の能楽について書いた名著。

「我《わが》心をわれにも隠す安心」という世阿弥の言葉が「花鏡《かきょう》」にあるが、演じる、舞うという自らの意識すらを捨て、その捨てるという意識をも忘れる状態こそベスト。その時、基本の扇を上げる仕草だけでも、宇宙全体を動かし、まるごと網羅しているのである。「万《まん》能《のう》を一心にて綰《つな》ぐ」とは、これ也《なり》。「無心の位」なるものを、よくよく学ばねばならぬか。秘伝也。

❶中沢新一『レンマ学』（講談社）……これは超人になるための秘書。

❷井筒俊彦『意識の形而上学――『大乗起信論』の哲学』（中公文庫）**『意識と本質』**（岩波文庫）……生涯読み続けたい井筒哲学。

❸観世寿夫『心より心に伝ふる花』（角川ソフィア文庫）……世阿弥の言葉、達人の伝え。

◎**9・22掲載**▼なんと某《それがし》、「国民文化祭・にいがた2019」開閉会式の総合プロデューサーに。ほんとに大丈夫か？　◎**9・20**▼ラグビーの第9回ワールドカップ（W杯）本大会開幕。

未知なる心の世界

澤野雅樹／大倉源次郎／良寛

痛風発作。泣く泣く這いながら総合病院に行けば、「尿酸値、中性脂肪やコレステロールが論外。メタボ！」の冷酷な一言。また、泣く泣く、卵を産むウミガメの如き涙顔と足取りで帰宅。だから、どうすりゃいいのだ？　減量くらい分かっとるわ。

と、**❶澤野雅樹『ミルトン・エリクソン　魔法使いの秘密の「ことば」』**を手に取り、読んでいたら――。「あなたが今、二七〇ポンドの重さがあるということを心に留めた上で、これから一週間を通して二六〇ポンドを維持するのに足るほどドカ喰いをしてほしいのです」という精神科医の言葉を見つけて仰天。百キロを超える女性の過食症を治すためのアドバイスがこれ。見事成功したのである。「魔法使い」と言われた精神科医エリクソンの「ことば」だけによる驚異の治療の数々に、大興奮。これは従来の人間観に、とてつもなき変革と示唆を与える書だ。「ことば」と身体、発話と情緒、生死までのつながり。人間の心の未知なる地平に踏み込む、精神医学かつ哲学かつ言語学の書。

エリクソンは戦時中、日本人の心について研究していたらしいが、日本人の心性を象徴する能などをいかに分析したであろう。❷**大倉源次郎**語り・文**『大倉源次郎の能楽談義』**は、能楽小鼓方の人間国宝が語り、綴ったユニークなる書。名優ジャン＝ルイ・バローは「能の静止は息づいている」と名言を遺したが、その「静止」、「間」なるものを、歴史を踏まえて分かりやすく紹介したのが本書。「能なんか難しくて」などと、「能なんか症」みたいなことを言わず、自由に楽しんでほしいとの言も。

じつは佐渡と新潟・阿賀野で、源次郎先生と能研究第一人者・竹本幹夫先生とご一緒させていただき、世阿弥について講演。「これは諸国一見の物書きにて候〜」と講演を始めて、顰蹙《ひんしゅく》を買ってしまった私にも優しくしていただき、その時にいただいた本。読み出したら、あまりに面白くてやめられず。

無常心も飛花落葉。我が故郷・越後には、「面白きと見る即心は無心の感なり」（世阿弥）の僧がいた。❸**『訳註　良寛詩集』**。良寛さんは無心で村の童らと遊び、詩を作り、筆を揮《ふる》った。

「口に無声の詩を吟ず」。清貧に徹した先達《せんだつ》の言の葉を味わいながら、白湯でも飲むか。いや、プリン体がどうした、諸行無常。般若湯をあおり、「天上大風」の秋空を眺む。

❶澤野雅樹『ミルトン・エリクソン　魔法使いの秘密の「ことば」』（法政大学出版局）……人間はやはり言葉でできている。
❷『大倉源次郎の能楽談義』（淡交社）……「間」の中に小鼓の無限の音。
❸『訳註　良寛詩集』（大島花束《かそく》・原田勘平訳注、岩波文庫）……今でも良寛さんになりたい。

◎10・27掲載▼「笑わない男」の真似をしても、中身伴わぬためウケず。一人笑うハメに。◎10・1▼消費税率8％から10％に引き上げ。

真の豊かさとは

高橋源一郎／渋沢栄一ほか／森三樹三郎

付箋だらけ。なにやら受験生の持つ参考書のようになってしまったではないか。「面白い！」「わっ、勉強になるー！」と付箋を貼るうち、本から人工芝が生えたかの如し。

❶**高橋源一郎『一億三千万人のための「論語」教室』**、どこを読んでもアクチュアル。孔子センセイの言葉は、とても紀元前五〇〇年のものとは思えぬのだ。しかも、タカハシさんの完全訳がめっぽう分かりやすい。「均《ひと》しければ貧しきことなく、和すれば寡《すくな》きことなく、安ければ傾くことなし」は、「富が平等に配分されていれば、そもそも貧困は発生しません。貧困は『格差』の問題なんですから。平和が続けば、人口も増えます。不安がなくなれば、国が没落することはありません。わかりますか。力ではなく、平和こそが、人びとを安心させ、国を豊かにしてくれるのです」。然り。首相さん、「子曰く、教えあり

て類なし」＝「人間にとっていちばん大切なのは、学ぶこと」、だそうですよ。
二〇二四年からの一万円新札の肖像、渋沢栄一の『論語と算盤《そろばん》』も話題になっているが、日本の資本主義の父である彼曰く、お金の「効力の有無はその人にあり」。❷**渋沢栄一**ほか**『お金本』**は永井荷風、夏目漱石から赤塚不二夫、忌野《いまわの》清志郎まで総勢百篇の艱難辛苦《かんなんしんく》・抱腹絶倒のお金にまつわる話を集めた。借金、裏切り、親の脛かじり、金儲け……。

同輩の苦労を知ると、安心するなあ。いや、やっぱ、『論語』か。「賢《けん》を見ては斉《ひと》しからんことを思い、不賢を見ては内に自ら省みるなり」。人の賢いところは学び、愚かなところは他山の石とせよ——。御意、肝に銘じます。

と言いながら、いかに頑張っても富やら儲けとは無縁の身。吹く秋風によろよろとする様《さま》にて霞でも食らおうか。儒教が古代中国の思想の表ならば、裏は老子・荘子の思想。無為自然、万物斉同、虚無恬淡《てんたん》。❸**森三樹三郎『老子・荘子』**は、禅や浄土宗などに大きな影響を与えた老荘思想の宇宙観を検証した好著。荘子の「無限なるものと完全に一体となり、形なき世界に遊べ」の言葉など、座右の銘にしたいではないか。最も豊かで贅沢なる時空を、この現世に見出す術がここに。

されば、「我が身の治まることを楽しみ」としてこそ永遠なり。某《それがし》の「3冊の本棚」も、最終回とあいなりました。長い間、ご愛読いただき、本当にありがとうございました。

❶高橋源一郎『一億三千万人のための「論語」教室』（河出新書）……南シナ海占拠？　習近平は「論語」を読まぬか。

❷渋沢栄一ほか『お金本』（左右社）……宵越しの金は、というより、すでに無い袖。

❸森三樹三郎『老子・荘子』（講談社学術文庫）……世界中の人々がかくあればなあ。

◎11・24掲載▼最終回？　まだまだ読むぞ、書くぞ、呑むぞ。往生際悪し。◎10・14〜15▼皇位継承に伴う伝統儀式「大嘗祭」が行なわれる。

主要人名索引

※太字は３冊の本として取り上げた著者・編者、開始ページを表示

あ行

か行

さ行

た行

な行

は行

ま行

や行

ら・わ行